a incrível e triste história da cândida Erêndida e sua avó desalmada

Obras do autor

O amor nos tempos do cólera
A aventura de Miguel Littín clandestino no Chile
Cem anos de solidão
Cheiro de goiaba
Crônica de uma morte anunciada
Do amor e outros demônios
Doze contos peregrinos
Em agosto nos vemos
Os funerais da Mamãe Grande
O general em seu labirinto
A incrível e triste história da cândida Erêndira e sua avó desalmada
Memória de minhas putas tristes
Ninguém escreve ao coronel
Notícia de um sequestro
Olhos de cão azul
O outono do patriarca
Relato de um náufrago
A revoada (O enterro do diabo)
O veneno da madrugada (A má hora)
Viver para contar

Obra jornalística

Vol. 1 – Textos caribenhos (1948-1952)
Vol. 2 – Textos andinos (1954-1955)
Vol. 3 – Da Europa e da América (1955-1960)
Vol. 4 – Reportagens políticas (1974-1995)
Vol. 5 – Crônicas (1961-1984)
O escândalo do século

Obra infantojuvenil

A luz é como a água
María dos Prazeres
A sesta da terça-feira
Um senhor muito velho com umas asas enormes
O verão feliz da senhorita Forbes
Maria dos Prazeres e outros contos (com Carme Solé Vendrell)

Antologia

A caminho de Macondo

Teatro

Diatribe de amor contra um homem sentado

Com Mario Vargas Llosa

Duas solidões: um diálogo sobre o romance na América Latina

GABRIEL GARCÍA MÁRQUEZ

a incrível e triste história da cândida Erêndira e sua avó desalmada

TRADUÇÃO DE
REMY GORGA, FILHO

31ª edição

EDITORA RECORD
RIO DE JANEIRO • SÃO PAULO
2025

CIP-BRASIL. CATALOGAÇÃO NA FONTE
SINDICATO NACIONAL DOS EDITORES DE LIVROS, RJ

G211i
García Márquez, Gabriel, 1927-2014
A incrível e triste história da cândida Erêndira e sua avó desalmada / 31ª ed. Gabriel García Márquez; tradução de Remy Gorga, Filho – 31ª ed. – Rio de Janeiro: Record, 2025.

Tradução de: La increible y triste historia de la candida Erendira y de su abuela desalmada
ISBN 978-85-01-00635-6
1. Romance colombiano. I. Gorga, Remy, 1933- II. Título.

98-0590

CDD: 868.993613
CDU: 860(861)-3

Título original espanhol:
LA INCREIBLE Y TRISTE HISTORIA DE LA CANDIDA ERENDIRA Y DE SU ABUELA DESALMADA

Copyright © Gabriel García Márquez, 1972

Texto revisado segundo o Acordo Ortográfico da Língua Portuguesa de 1990.

Direitos exclusivos de publicação em língua portuguesa somente para o Brasil adquiridos pela
EDITORA RECORD LTDA.
Rua Argentina, 171 – Rio de Janeiro, RJ – 20921-380 – Tel.: (21) 2585-2000, que se reserva a propriedade literária desta tradução.

Impresso no Brasil

ISBN 978-85-01-00635-6

Seja um leitor preferencial Record.
Cadastre-se no site www.record.com.br e receba informações sobre nossos lançamentos e nossas promoções.

EDITORA AFILIADA

Atendimento e venda direta ao leitor:
sac@record.com.br

Sumário

Um senhor muito velho com umas
asas enormes (1968)   7

O mar do tempo perdido (1961)   19

O afogado mais bonito do mundo (1968)   45

Morte constante para lá do amor (1970)   55

A última viagem do navio fantasma (1968)   67

Blacaman, o bom vendedor de milagres (1968)   75

A incrível e triste história da Cândida Erêndira e
sua avó desalmada (1972)   89

Um senhor muito velho com umas asas enormes

Ao terceiro dia de chuva haviam matado tantos caranguejos dentro da casa que Pelayo teve que atravessar seu pátio alagado para atirá-los ao mar, pois o menino recém-nascido passara a noite com febre e se pensava que era por causa da peste. O mundo estava triste desde terça-feira. O céu e o mar eram uma só coisa cinza, e as areias da praia, que em março fulguravam como poeira de luz, converteram-se num caldo de lodo e mariscos podres. A luz era tão mansa ao meio-dia, quando Pelayo voltava a casa, depois de haver jogado os caranguejos, que lhe deu trabalho ver o que se mexia e se queixava no fundo do pátio. Teve que se aproximar muito para descobrir que era um velho, que estava caído de boca para baixo no lodaçal e, apesar de seus grandes esforços, não podia levantar-se, porque o impediam suas enormes asas.

Assustado com aquele pesadelo, Pelayo correu em busca de Elisenda, sua mulher, que estava pondo compressas no menino doente, e a levou até o fundo do pátio. Os dois observaram o corpo caído com um calado estupor. Estava vestido como um trapeiro. Restavam-lhe apenas uns fiapos descorados na cabeça pelada e muito poucos dentes na boca, e sua lastimável condição de bisavô ensopado o havia desprovido de toda grandeza. Suas asas de grande galináceo, sujas e meio depenadas, estavam encalhadas para sempre no lodaçal. Tanto o observaram, e com tanta atenção, que Pelayo e Elisenda se repuseram logo do assombro e acabaram por achá-lo familiar. Então se atreveram a falar-lhe, e ele lhes respondeu em um dialeto incompreensível, mas com uma boa voz de marinheiro. Foi assim que desprezaram o inconveniente das asas, e concluíram, com muito bom juízo, que era um náufrago solitário de algum navio estrangeiro abatido pelo temporal. Apesar disso, chamaram para vê-lo uma vizinha que sabia todas as coisas da vida e da morte, e a ela bastou um só olhar para tirá-los do erro.

— É um anjo — disse-lhe. — Não tenho dúvida de que vinha buscar o menino, mas o coitado está tão velho que a chuva o derrubou.

No dia seguinte todo mundo sabia que em casa de Pelayo tinham aprisionado um anjo de carne e osso. Contra o julgamento da sábia vizinha, para quem os anjos destes tempos eram sobreviventes fugitivos de uma conspiração celestial, não tinham tido coragem para matá-lo a pauladas. Pelayo esteve vigiando-o toda a tarde da cozinha, armado com o seu garrote de meirinho, e antes de deitar-se arrastou-o do lodaçal e o encerrou com as galinhas no galinheiro alambrado. À meia-noite, quando terminou a chuva, Pelayo e Elisenda continuavam matando caranguejos. Pouco depois o menino acordou sem febre e com vontade de comer. Então se sentiram magnânimos e decidiram pôr o anjo em uma balsa com água potável e provisões para três dias, e abandoná-lo à sua sorte em alto-mar. Mas quando saíram ao pátio, às primeiras luzes da manhã, encontraram toda a vizinhança diante do galinheiro, brincando com o anjo sem a menor devoção e atirando-lhe coisas para comer pelos buracos dos alambrados, como se não fosse uma criatura sobrenatural mas um animal de circo.

O padre Gonzaga chegou antes das sete, alarmado pelo exagero da notícia. A esta hora já haviam acudido curiosos menos frívolos que os do amanhecer, e haviam feito todo tipo de conjecturas sobre o futuro do cativo. Os mais simples pensavam que seria nomeado prefeito do mundo. Outros, de espírito mais austero, supunham que seria promovido a general de cinco estrelas, para que ganhasse todas as guerras. Alguns visionários esperavam que fosse conservado como reprodutor, para implantar na terra uma estirpe de homens alados e sábios, que tomassem conta do universo. Mas o padre Gonzaga, antes de ser cura, tinha sido um forte lenhador. Junto aos alambrados, repassou num instante seu catecismo, e mesmo assim pediu que lhe abrissem a porta para examinar de perto aquele varão lastimável, que mais parecia uma enorme galinha decrépita entre as galinhas distraídas. Estava atirado a um canto, secando ao sol as asas estendidas, entre as cascas de frutas e os restos do café que lhe atiraram os madrugadores. Alheio às impertinências do mundo, apenas levantou seus olhos de antiquário e murmurou algo em seu dialeto quando o padre Gonzaga entrou no galinheiro e lhe deu bom dia em latim. O pároco teve a primeira suspeita de sua impostura ao comprovar que não entendia a língua de Deus nem sabia saudar aos seus ministros. Logo observou que visto de perto ficava muito humano: tinha um insuportável cheiro de intempérie, o avesso das asas semeado de algas parasitárias e as penas maiores maltratadas por ventos terrestres, e nada de sua natureza miserável estava de acordo com a egrégia dignidade dos anjos. Então abandonou o galinheiro, e com um rápido sermão preveniu os curiosos contra os riscos da ingenuidade. Recordou-lhes que o demônio tinha o mau costume de recorrer a artifícios de carnaval para confundir os incautos. Argumentou que se as asas não eram o elemento essencial para determinar as diferenças entre um gavião e um aeroplano, muito menos podiam sê-lo para reconhecer os anjos. Entretanto, prometeu escrever uma carta a seu bispo, para que este escrevesse outra a seu primaz e para que este escrevesse outra ao Sumo Pontífice, de modo que o veredito final viesse dos tribunais mais altos.

Sua prudência caiu em corações estéreis. A notícia do anjo cativo divulgou-se com tanta rapidez que, ao cabo de poucas horas, havia no pátio um alvoroço de mercado, e tiveram que usar a tropa com baionetas para dispersar o tumulto, que já estava a ponto de derrubar a casa. Elisenda, com a coluna torcida de tanto varrer lixo de feira, teve então a boa ideia de murar o pátio e cobrar cinco centavos pela entrada para ver o anjo.

Vieram curiosos até da Martinica. Veio uma feira ambulante, com um acróbata voador, que passou zumbindo várias vezes por cima da multidão, e ninguém lhe fez caso, porque suas asas não eram de anjo mas de morcego sideral. Vieram em busca de saúde os enfermos mais desgraçados do Caribe: uma pobre mulher, que desde menina estava contando as batidas do seu coração e já não lhe bastavam os números, um jamaicano que não podia dormir porque o atormentava o ruído das estrelas, um sonâmbulo que se levantava de noite para desfazer as coisas que fizera acordado, e muitos outros de menor gravidade. No meio daquela desordem de naufrágio, que fazia tremer a terra, Pelayo e Elisenda estavam felizes de cansaço, porque em menos de uma semana empanturravam de dinheiro os quartos, e apesar disso a fila de peregrinos que esperava vez para entrar chegava ao outro lado do horizonte.

O anjo era o único que não participava do seu próprio acontecimento. Gastava o tempo em buscar cômodo no ninho emprestado, aturdido pelo calor de inferno dos lampiões e das velas de promessa que encostavam nos alambrados. No princípio, trataram de que comesse cristais de cânfora, que, de acordo com a sabedoria da sábia vizinha, era o alimento específico dos anjos. Mas ele os desprezava, como desprezou, sem provar, os almoços papais que lhe levavam os penitentes, e nunca se soube se foi por anjo ou por velho que acabou comendo nada mais que papinhas de berinjela. Sua única virtude sobrenatural parecia ser a paciência. Principalmente nos primeiros tempos, quando as galinhas o bicavam em busca dos parasitas estelares que proliferavam nas suas asas, e os entrevados arrancavam-lhe penas para tocar com elas seus defeitos, e até os mais piedosos atiravam-lhe pedras, forçando a que se levantasse para vê-lo de corpo inteiro. A única vez que conseguiram alterá-lo foi quando lhe queimaram as costas com um ferro de marcar novilhos, porque estava há tantas horas imóvel que o acreditaram morto. Acordou sobressaltado, dizendo disparates em língua hermética e com os olhos em lágrimas, e deu um par de asadas que provocaram um redemoinho de esterco de galinheiro e poeira suja, e um temporal de pânico que não parecia deste mundo. Embora muitos acreditassem que sua reação não fora de raiva e sim de dor, desde aí trataram de não molestá-lo, porque a maioria entendeu que sua passividade não era a de um herói no uso de boa aposentadoria mas de um cataclismo em repouso.

O padre Gonzaga enfrentou a frivolidade da multidão com fórmulas de inspiração doméstica, enquanto esperava um julgamento final sobre a natureza do cativo. Mas o correio de Roma perdera a noção da urgência. Gastavam o tempo em averiguar se o réu convicto tinha umbigo, se seu dialeto tinha algo que ver com o aramaico, se podia caber muitas vezes na ponta de um alfinete, ou se não seria simplesmente um norueguês com asas. Aquelas cartas de prudência teriam ido e vindo até o fim dos séculos se um acontecimento providencial não tivesse posto fim às atribulações do pároco.

Aconteceu que por esses dias, entre muitas outras atrações das feiras errantes do Caribe, levaram ao povoado o triste espetáculo da mulher que se convertera em aranha por desobedecer a seus pais. A entrada para vê-la não só custava menos que a entrada para ver o anjo, mas até permitiam fazer-lhe quaisquer perguntas sobre sua absurda condição, e examiná-la pelo direito e pelo avesso, de modo que ninguém pusesse em dúvida a verdade do horror. Era uma tarântula espantosa, do tamanho de um carneiro, e com a cabeça de uma donzela triste. O mais triste, entretanto, não era sua figura absurda, mas a sincera aflição com que contava os pormenores de sua desgraça; ainda menina, fugira da casa dos pais para ir a um baile, e quando voltava pelo bosque, depois de haver dançado sem licença toda a noite, um trovão pavoroso abriu o céu em duas metades, e por aquela greta saiu o relâmpago de enxofre que a converteu em aranha. Seu único alimento eram as bolinhas de carne moída que as almas caridosas quisessem pôr-lhe na boca. Semelhante espetáculo, carregado de tanta verdade humana e de tão temível escarmento, tinha que derrotar, mesmo sem querer, o de um anjo altivo, que mal se dignava olhar os mortais. Além disso, os escassos milagres que se atribuíam ao anjo revelavam uma certa desordem mental, como o do cego que não recuperou a visão, mas lhe nasceram três dentes novos, e o do paralítico, que não pôde andar, mas esteve a ponto de ganhar na loteria, e o do leproso, em quem nasceram girassóis nas feridas. Aqueles milagres de consolação, que mais pareciam brincadeiras, já haviam abalado a reputação do anjo quando a mulher convertida em aranha acabou por aniquilá-la. Foi assim que o padre Gonzaga se curou para sempre da insônia, e o pátio de Pelayo voltou a ficar tão solitário como nos tempos em que choveu três dias e os caranguejos caminhavam pelos quartos.

    Os donos da casa não tiveram nada a lamentar. Com o dinheiro arrecadado, construíram uma mansão de dois andares, com sacadas e jardins, com escadas bem altas para que os caranguejos do inverno não entrassem, e com barras de ferro nas janelas para evitar que entrassem os anjos. Pelayo, além disso, instalou uma criação de coelhos muito perto do povoado e renunciou para sempre a seu mau emprego de meirinho, e Elisenda comprou umas sandálias acetinadas de saltos altos e muitos vestidos de seda furta-cor, das que usavam as senhoras mais invejadas nos domingos daqueles tempos. O galinheiro foi o único que não mereceu atenção. Se alguma vez o lavaram com creolina e queimaram gotas de mirra no seu interior, não foi para prestar honras ao anjo, mas para conjurar a pestilência de lixeira que já andava como um fantasma por todas as partes e estava tornando velha a casa nova. A princípio, quando o menino aprendeu a andar, cuidaram para que não estivesse muito perto do galinheiro. Mas logo foram esquecendo do medo e acostumando-se ao mau cheiro; antes que o menino mudasse os dentes, já fora brincar dentro do galinheiro, cujos alambrados, podres, caíam aos pedaços. O anjo não foi menos displicente com ele que com o resto dos mortais, mas suportava as maldades mais engenhosas com uma mansidão de cão sem ilusões. Ambos contraíram a catapora ao mesmo tempo. O médico que atendeu ao menino não resistiu à tentação de auscultar o anjo, e encontrou nele tantos sopros no coração e tantos ruídos nos rins que não lhe pareceu possível que estivesse vivo. O que mais o assombrou, entretanto, foi a lógica de suas asas. Ficavam tão naturais naquele organismo completamente humano, que não se podia entender por que não as tinham também os outros homens.

Quando o menino foi à escola, fazia muito tempo que o sol e a chuva haviam destruído o galinheiro. O anjo andava se arrastando, para cá e para lá, como um moribundo sem dono. Tiravam-no a vassouradas de um dormitório e, um momento depois, o encontravam na cozinha. Parecia estar em tantos lugares ao mesmo tempo, que chegaram a pensar que se desdobrava, que se repetia a si mesmo por toda a casa, e a exasperada Elisenda gritava, fora dos eixos, que era uma desgraça viver naquele inferno cheio de anjos. Mal podia comer, seus olhos de antiquário tornaram-se tão turvos que andava tropeçando nas colunas, e já não lhe restavam senão os canudos pelados das últimas penas. Pelayo jogou sobre ele uma manta e lhe fez a caridade de deixá-lo dormir no alpendre, e só então perceberam que passara a noite com febre, delirando em engrolados de norueguês velho. Foi essa uma das poucas vezes que se assustaram, porque pensavam que ia morrer, e nem sequer a sábia vizinha pudera dizer-lhes o que se fazia com os anjos mortos.

Entretanto, não só sobreviveu a seu pior inverno, como pareceu melhor com os primeiros sóis. Ficou imóvel muitos dias no canto mais afastado do pátio, onde ninguém o visse, e em princípios de dezembro começaram a nascer-lhe nas asas umas penas grandes e duras, penas de grande pássaro velho, que mais pareciam um novo percalço da decrepitude. Ele porém devia conhecer a razão dessas mudanças, porque tomava muito cuidado para que ninguém notasse, e de que ninguém ouvisse as canções de marinheiro que às vezes cantava sob as estrelas. Uma manhã, Elisenda estava cortando fatias de cebola para o almoço, quando um vento que parecia de alto-mar entrou pela cozinha. Foi então à janela e surpreendeu o anjo nas primeiras tentativas de voo. Eram tão torpes, que abriu com as unhas um sulco de arado nas hortaliças e esteve a ponto de destruir o alpendre com aquelas asadas indignas, que escorregavam na luz e não encontravam apoio no ar. Mas conseguiu ganhar altura. Elisenda exalou um suspiro de descanso, por ela e por ele, quando o viu passar por cima das últimas casas, sustentando-se de qualquer jeito, com um precário esvoaçar de abutre senil. Continuou vendo-o até acabar de cortar a cebola, e até quando já não era possível que o pudesse ver, porque então não era mais um estorvo em sua vida, mas um ponto imaginário no horizonte do mar.

O mar do tempo perdido

Para fins de janeiro o mar ia-se tornando áspero começava a despejar sobre o povoado um lixo espesso, e poucas semanas depois tudo estava contaminado por seu humor insuportável. A partir de então o mundo não valia a pena, pelo menos até o outro dezembro, e ninguém ficava acordado depois das oito. Mas no ano em que o senhor Herbert chegou o mar não se alterou, nem mesmo em fevereiro. Ao contrário, fez-se cada vez mais liso e fosforescente, e nas primeiras noites de março exalou uma fragrância de rosas.

Tobias sentiu-a. Tinha o sangue doce para os caranguejos e passava a maior parte da noite espantando-os da cama, até que voltasse a brisa, quando conseguia dormir. Em suas longas insônias aprendera a distinguir toda mudança de ar. De modo que, quando sentiu cheiro de rosas, não teve que abrir a porta para saber que era um cheiro do mar.

Levantou-se tarde. Clotilde estava acendendo fogo no pátio. A brisa era fresca e todas as estrelas estavam em seu posto, mas dava trabalho contá-las até o horizonte por causa das luzes do mar. Depois de tomar café, Tobias sentiu um vestígio da noite no paladar.

— Ontem à noite — lembrou — aconteceu algo muito estranho.

Clotilde, naturalmente, não havia notado. Dormia de modo tão pesado que nem sequer se lembrava dos sonhos.

— Era um cheiro de rosas — disse Tobias —, e estou certo de que vinha do mar.

— Não sei como cheiram as rosas — disse Clotilde.

Talvez fosse verdade. O povoado era árido, com um solo duro, gretado pelo salitre, e só de vez em quando alguém trazia, de outro lugar, um ramo de flores para jogá-lo ao mar, no local de onde se atiravam os mortos.

— É o mesmo cheiro que tinha o afogado de Guacamayal — disse Tobias.

— Então — sorriu Clotilde —, pois se era um cheiro bom, pode estar certo de que não vinha do mar.

Era, de fato, um mar cruel. Em certas épocas, enquanto as redes não arrastavam senão lixo em suspensão, as ruas do povoado ficavam cheias de peixes mortos quando a maré baixava. A dinamite só punha a flutuar os restos de antigos naufrágios.

As poucas mulheres que ficavam no povoado, como Clotilde, consumiam-se no ódio. E como ela, a mulher do velho Jacob, que naquela manhã levantou-se mais cedo que de costume, pôs a casa em ordem e foi tomar café com uma expressão de contrariedade.

— Minha última vontade — disse ao marido — é que me enterrem viva.

Disse isso como se estivesse em seu leito de agonizante, mas estava sentada à cabeceira da mesa, em uma sala de jantar com grandes janelas, por onde entrava a jorros, e se metia por toda a casa, a claridade de março. Diante dela, sustentando sua fome descansada, estava o velho Jacob, um homem que a queria tanto e há tanto tempo que já não podia conceber nenhum sofrimento que não tivesse origem em sua mulher.

— Quero morrer com a certeza de que me colocarão debaixo da terra, como gente decente — prosseguiu. — E a única maneira de sabê-lo é ir a outro lugar e pedir a caridade de que me enterrem viva.

— Não tem que pedir a ninguém — disse com muita calma o velho Jacob. — Hei de levar você eu mesmo.

— Então vamos — disse ela —, porque vou morrer logo.

O velho Jacob examinou-a a fundo. Só os seus olhos permaneciam jovens. Os ossos se haviam tornado salientes nas articulações e tinha o mesmo aspecto de terra arrasada que sempre tivera.

— Você está melhor que nunca — disse-lhe.

— Ontem à noite — suspirou ela — senti um cheiro de rosas.

— Não se preocupe — tranquilizou-a o velho Jacob. — Essas coisas só acontecem a gente pobre como nós.

— Nada disso — disse ela. — Tenho pedido sempre que me anunciem a morte com a devida antecipação, para morrer longe deste mar. Um cheiro de rosas, neste povoado, não pode ser senão um aviso de Deus.

Ao velho Jacob não ocorreu nada mais que pedir-lhe um pouco de tempo para arranjar as coisas. Tinha ouvido dizer que as pessoas não morrem quando devem, mas quando querem, e estava seriamente preocupado com a premonição de sua mulher. Até se perguntou se chegado o momento teria coragem para enterrá-la viva.

Às nove, abriu o local onde antes houve uma loja. Pôs na porta duas cadeiras e uma mesinha com o tabuleiro de damas, e esteve toda a manhã jogando com adversários ocasionais. Do seu posto via o povoado em ruínas, as casas sem portas, com sinais de antigas cores carcomidas pelo sol, e um pedaço de mar no fim da rua.

Antes do almoço, como sempre, jogou com D. Máximo Gomez. O velho Jacob não podia imaginar adversário mais humano que um homem que sobrevivera intacto a duas guerras civis e só deixara um olho na terceira. Depois de perder propositadamente uma partida, reteve-o para outra.

— Diga-me uma coisa, D. Máximo — perguntou-lhe então: — O senhor seria capaz de enterrar viva a esposa?

— Claro — disse D. Máximo Gomez. — Acredite-me que não me tremeria a mão.

O velho Jacob fez um silêncio espantado. Logo, deixando-se despojar de suas melhores pedras, suspirou:

— É que, segundo parece, Petra vai morrer.

D. Máximo Gomez não se alterou. "Nesse caso — disse — não tem necessidade de enterrá-la viva." Comeu duas pedras e fez uma dama. Depois fixou em seu adversário um olho umedecido por uma lágrima triste.

— Que tem ela?

— Ontem à noite — explicou o velho Jacob — sentiu um cheiro de rosas.

— Então a metade do povoado vai morrer — disse D. Máximo Gomez. — Esta manhã não se ouviu falar de outra coisa.

O velho Jacob teve de fazer um grande esforço para perder de novo sem ofendê-lo. Guardou a mesa e as cadeiras, fechou a loja, e andou por toda parte em busca de alguém que tivesse sentido o cheiro. Afinal, só Tobias tinha certeza. Então pediu-lhe o favor de passar por sua casa, como por acaso, e de contar tudo à sua mulher.

Tobias foi. Às quatro, arrumado como se fosse fazer uma visita, apareceu no corredor onde a mulher passara a tarde consertando para o velho Jacob sua roupa de viúvo.

Entrou tão silencioso que a mulher se assustou.

— Santo Deus — exclamou —, pensei que era o arcanjo Gabriel.

— Pois repare que não é — disse Tobias. — Sou eu, e venho contar-lhe uma coisa.

Ela acomodou os óculos e voltou ao trabalho.

— Já sei o que é — disse.

— Acho que não — disse Tobias.

— Que ontem à noite sentiu um cheiro de rosas.

— Como soube? — perguntou Tobias, desolado.

— Na minha idade — disse a mulher — a gente tem tanto tempo para pensar, que acaba virando adivinho.

O velho Jacob, que tinha a orelha colada ao tabique do fundo da loja, endireitou-se envergonhado.

— Como é que lhe parece, mulher — gritou através do tabique. Deu a volta e apareceu no corredor. — Então não era o que você pensava.

— São mentiras deste rapaz — disse ela, sem levantar a cabeça. — Não sentiu nada.

— Foi mais ou menos às onze — disse Tobias —, e eu estava espantando caranguejos.

A mulher terminou de remendar um colarinho.

— Mentiras — insistiu. — Todo mundo sabe que você é um mentiroso. — Cortou a linha com os dentes e olhou para Tobias por cima dos óculos.

— O que não entendo é que você tenha tido o trabalho de untar o cabelo com vaselina, e de lustrar os sapatos, só para vir faltar-me com o respeito.

Desde então Tobias começou a vigiar o mar. Pendurava a rede no corredor do pátio e passava a noite esperando, maravilhado com as coisas que acontecem no mundo enquanto a gente dorme. Durante muitas noites ouviu o garatujar desesperado dos caranguejos, tratando de subir pelas vigas, até que passaram tantas noites que se cansaram de insistir. Conheceu o modo de dormir de Clotilde. Descobriu que seus roncos de flauta foram ficando mais agudos à medida que aumentava o calor, até se converterem em uma só nota lânguida na sonolência de julho.

No princípio, Tobias vigiou o mar como aqueles que o conhecem bem, com o olhar fixo em um só ponto do horizonte. Viu-o mudar de cor. Viu-o apagar-se e se tornar espumoso e sujo, e lançar seus arrotos carregados de restos quando as grandes chuvas agitaram sua digestão tormentosa. Pouco a pouco foi aprendendo a vigiá-lo como aqueles que o conhecem melhor, sem olhá-lo sequer, mas sem poder esquecê-lo nem mesmo em sonho.

Em agosto morreu a mulher do velho Jacob. Amanheceu morta na cama e tiveram de atirá-la, como a todo mundo, num mar sem flores. Tobias continuou esperando. Havia esperado tanto que aquilo se converteu na sua maneira de ser. Uma noite, enquanto dormitava na rede, percebeu que algo mudara no ar. Foi uma rajada intermitente, como nos tempos em que o navio japonês despejou, na entrada do porto, um carregamento de cebolas podres. Logo o cheiro se firmou e não voltou a se movimentar até o amanhecer. Só quando teve a impressão de que podia agarrá-lo com as mãos para mostrá-lo, é que Tobias saltou da rede e entrou no quarto de Clotilde. Sacudiu-a várias vezes.

— Aí está — disse-lhe.

Clotilde teve que afastar o cheiro com os dedos, como se fosse uma teia de aranha, para poder se levantar. Logo voltou a cair no lençol morno.

— Maldita seja — disse.

Tobias pulou até a porta, saiu até o meio da rua e começou a gritar. Gritou com todas as suas forças, respirou fundo e voltou a gritar, e logo fez um silêncio e respirou mais fundo, e todavia o cheiro estava no mar. Mas ninguém respondeu. Então foi batendo de casa em casa, inclusive nas casas de ninguém, até que seu alvoroço se misturou com o dos cachorros e acordou todo mundo.

Muitos não sentiram. Mas outros, e em especial os velhos, desceram para gozá-lo na praia. Era uma fragrância sólida que não deixava resquício de nenhum cheiro do passado. Alguns, esgotados de tanto sentir, voltaram a casa. A maioria ficou na praia para terminar seu sono. Ao amanhecer, o cheiro era tão puro que dava pena respirar.

Tobias dormiu quase todo o dia. Clotilde juntou-se a ele na sesta e passaram a tarde se bolinando na cama, sem fechar a porta do pátio. Fizeram primeiro como as minhocas, depois como os coelhos e, por último, como as tartarugas, até que o mundo se pôs triste e voltou a escurecer. Ainda restavam vestígios de rosas no ar. Às vezes chegava até o quarto uma onda de música.

— É no Catarino — disse Clotilde. — Deve ter chegado alguém.

Tinham chegado três homens e uma mulher. Catarino pensou que mais tarde podiam chegar outros e tratou de consertar a vitrola. Como não pôde, pediu o favor a Pancho Aparecido, que fazia todo tipo de coisas, porque nunca tinha nada que fazer e, além disso, tinha uma caixa de ferramentas e umas mãos hábeis.

O negócio de Catarino ficava em uma afastada casa de madeira frente ao mar. Um salão com bancos e mesinhas, e vários quartos no fundo. Enquanto observavam o trabalho de Pancho Aparecido, os três homens e a mulher bebiam em silêncio, sentados no balcão, e bocejavam por turnos.

A vitrola funcionou bem depois de muitas provas. Ao ouvir a música, remota mas definida, a gente deixou de conversar. Olharam-se uns aos outros e, por um momento, não tiveram nada que dizer, porque só então perceberam quanto haviam envelhecido desde a última vez em que ouviram música.

Tobias encontrou todo mundo acordado depois das nove. Estavam sentados à porta, escutando os velhos discos de Catarino, na mesma atitude de fatalismo pueril com que se contempla um eclipse. Cada disco recordava-lhes alguém que morrera, o sabor que tinham os alimentos depois de uma longa enfermidade, ou algo que deviam fazer no dia seguinte, muitos anos antes, e que, por esquecimento, nunca fizeram.

A música terminou às onze. Muitos se deitaram, acreditando que ia chover, porque havia uma nuvem escura sobre o mar. Mas a nuvem desceu, esteve flutuando um pouco na superfície, e logo se afundou na água. Em cima só ficaram as estrelas. Pouco depois, a brisa do povoado foi até o meio do mar e trouxe de volta uma fragrância de rosas.

— Eu disse, Jacob — exclamou D. Máximo Gomez. — Aqui o temos outra vez. Estou certo de que agora o sentiremos todas as noites.

— Nem Deus o quer — disse o velho Jacob. — Este cheiro é a única coisa na vida que me chegou muito tarde.

Tinham jogado damas na casa vazia sem prestar atenção aos discos. Suas recordações eram tão antigas que não existiam discos suficientemente velhos para provocá-las.

— Eu, de minha parte, não acredito muito em nada disso — disse D. Máximo Gomez. — Depois de tantos anos comendo terra, com tantas mulheres desejando um patiozinho onde semear suas flores, não é de admirar que se acabe por sentir estas coisas, e até por pensar que são verdadeiras.

— Mas estamos sentindo com nossos próprios narizes — disse o velho Jacob.

— Não importa — disse D. Máximo Gomez. — Durante a guerra, quando a revolução já estava perdida, tínhamos desejado tanto um general que vimos aparecer o Duque Marlborough, em carne e osso. Eu o vi com meus próprios olhos, Jacob.

Era mais de meia-noite. Quando ficou só, o velho Jacob fechou a loja e levou a luz ao quarto. Através da janela, recortada na fosforescência do mar, via a rocha de onde atiravam os mortos.

— Petra — chamou em voz baixa

Ela não pôde ouvi-lo. Naquele momento navegava, quase à flor da água, num meio-dia radiante do Golfo de Bengala. Havia levantado a cabeça para ver, através da água, como em uma vitrina iluminada, um transatlântico enorme. Mas não podia ver o marido, que nesse momento começava a ouvir de novo a vitrola de Catarino, do outro lado do mundo.

— Veja só — disse o velho Jacob. — Há apenas seis meses acharam que você era louca, e agora eles mesmos fazem festa com o cheiro que causou a sua morte.

Apagou a luz e se meteu na cama. Chorou devagar, com o chorinho sem graça dos velhos, mas logo adormeceu.

— Sairia deste povoado se pudesse — soluçou entre sonhos. — Iria aos quintos se pelo menos tivesse vinte pesos juntos.

Desde aquela noite, e por várias semanas, o cheiro permaneceu no mar. Impregnou a madeira das casas, os alimentos e a água potável, e já não houve onde estar sem senti-lo. Muitos se assustaram de encontrá-lo no calor da própria cagada. Os homens e a mulher que tinham ido à casa de Catarino foram embora numa sexta-feira, mas voltaram no sábado com um alvoroço. No domingo chegaram outros. Formigaram por toda parte, buscando o que comer e onde dormir, até que não se pôde caminhar pela rua.

Chegaram outros. As mulheres que tinham ido embora, quando morreu o povoado, voltaram à casa de Catarino. Estavam mais gordas e mais pintadas, e trouxeram discos da moda, que não recordavam nada a ninguém. Chegaram alguns dos antigos habitantes do povoado. Tinham ido apodrecer de dinheiro em outra parte, e voltavam falando de sua fortuna, mas com a mesma roupa que levaram vestida. Chegaram músicos e tômbolas, mesas de jogos, adivinhos e pistoleiros e homens com uma cobra enrolada no pescoço, que vendiam o elixir da vida eterna. Continuaram chegando durante várias semanas, ainda depois de que caíssem as primeiras chuvas, quando o mar se tornou turvo e desapareceu o cheiro.

Entre os últimos, chegou um padre. Andava por toda parte, comendo pão molhado numa grande xícara de café com leite, e pouco a pouco ia proibindo tudo o que o havia precedido: os jogos de azar, a música nova e o modo de dançá-la, e até o recente costume de dormir na praia. Uma tarde, em casa de Melchor, pronunciou um sermão sobre o cheiro do mar.

— Dai graças aos céus, meus filhos — disse —, porque este é o cheiro de Deus.

Alguém o interrompeu.

— Como pode saber, padre, se ainda não o sentiu.

— As Sagradas Escrituras — disse ele — são explícitas a respeito desse cheiro. Estamos em um povoado escolhido.

Tobias andava como um sonâmbulo, de um lado para outro, no meio da festa. Levou Clotilde a conhecer o dinheiro. Imaginaram que jogavam somas enormes na roleta, e logo fizeram as contas e se sentiram imensamente ricos com o dinheiro que poderiam ter ganhado. Uma noite, porém, não só eles, mas a multidão que ocupava o povoado, viu muito mais dinheiro junto do que pudesse caber-lhes na imaginação.

Essa foi a noite em que chegou o senhor Herbert. Apareceu de repente, pôs uma mesa no meio da rua, e sobre a mesa dois grandes baús cheios de notas até as bordas. Havia tanto dinheiro que, no princípio, ninguém percebeu, porque não podiam acreditar que fosse verdade. Mas como o senhor Herbert se pôs a tocar uma campainha, todos acabaram por acreditar e se aproximaram para escutar.

— Sou o homem mais rico da Terra — disse. — Tenho tanto dinheiro que já não acho onde guardá-lo. E como além disso tenho um coração tão grande que já não me cabe dentro do peito, tomei a resolução de percorrer o mundo resolvendo os problemas do gênero humano.

Era grande e vermelho. Falava alto e sem pausas, e mexia, ao mesmo tempo, umas mãos mornas e lânguidas que pareciam sempre acabadas de lavar. Falou durante um quarto de hora, e descansou. Em seguida, voltou a sacudir a campainha e começou a falar de novo. No meio do discurso, alguém entre a multidão agitou um chapéu e o interrompeu.

— Está bem, *mister,* não fale tanto e comece a repartir o dinheiro.

— Assim não — replicou o senhor Herbert. — Repartir o dinheiro, sem mais nem menos, além de ser um método injusto, não teria nenhum sentido.

Localizou com o olhar aquele que o havia interrompido e indicou-lhe que se aproximasse. A multidão abriu caminho.

31

— Em troca — prosseguiu o senhor Herbert —, este impaciente amigo vai-nos permitir agora que expliquemos o mais equitativo sistema de distribuição da riqueza. — Estendeu a mão e o ajudou a subir.
— Como se chama?
— Patrício.
— Muito bem, Patrício — disse o senhor Herbert.
— Como todo mundo, você tem, há muito tempo, um problema que não pode resolver.
Patrício tirou o chapéu e confirmou com a cabeça.
— Qual é?
— Pois meu problema é esse — disse Patrício: — que não tenho dinheiro.
— E de quanto precisa?
— Quarenta e oito pesos.
O senhor Herbert soltou uma exclamação de triunfo. "Quarenta e oito pesos", repetiu. A multidão o acompanhou num aplauso.
— Muito bem, Patrício — prosseguiu o senhor Herbert.
— Agora digamos uma coisa: que é que você sabe fazer?
— Muitas coisas.
— Decida-se por uma — disse o senhor Herbert. — A que você faça melhor.
— Bem — disse Patrício. — Sei fazer como os pássaros.
Outra vez aplaudindo, o senhor Herbert dirigiu-se à multidão.
— Então, senhoras e senhores, nosso amigo Patrício, que imita extraordinariamente bem os pássaros, vai imitar

quarenta e oito pássaros diferentes, e resolver dessa forma o grande problema de sua vida.

Em meio ao silêncio maravilhado da multidão, Patrício fez então como os pássaros. Às vezes assobiando, às vezes com a garganta, fez como todos os pássaros conhecidos, e completou o número com outros que ninguém conseguiu identificar. No fim, o senhor Herbert pediu um aplauso e entregou-lhe quarenta e oito pesos.

— E agora — disse —, venham um por um. Até amanhã, a esta mesma hora, estou aqui para resolver problemas.

O velho Jacob ficou sabendo da agitação pelos comentários dos que passavam diante de sua casa. A cada nova notícia, seu coração ia se dilatando, cada vez maior, até que o sentiu rebentar.

— O que acha você deste gringo? — perguntou.

D. Máximo Gomez encolheu os ombros.

— Deve ser um filantropo.

— Se eu soubesse fazer alguma coisa — disse o velho Jacob —, agora poderia resolver meu probleminha. É coisa de pouca monta: vinte pesos.

— Você joga damas muito bem — disse D. Máximo Gomez.

O velho Jacob pareceu não lhe prestar atenção. Mas quando ficou só, embrulhou o tabuleiro e a caixa de fichas num jornal e foi desafiar o senhor Herbert. Esperou sua vez até a meia-noite. Então, o senhor Herbert fez carregar os baús e se despediu até a manhã seguinte.

Não foi se deitar. Apareceu na casa de Catarino, com os homens que levavam os baús, e até lá o perseguiu a multidão com os seus problemas. Pouco a pouco os foi resolvendo, e resolveu tantos que afinal só ficaram na casa as mulheres e alguns homens com os seus problemas resolvidos. E no fundo do salão, uma mulher solitária, que se abanava muito lentamente com uma ventarola de propaganda.

— E você — gritou-lhe o senhor Herbert —, qual é o seu problema?

A mulher deixou de se abanar.

— Não me meta na sua festa, *mister* — gritou através do salão. — Eu não tenho nenhum problema, e sou puta porque me dá na veneta.

O senhor Herbert encolheu os ombros. Continuou bebendo cerveja gelada, junto aos baús abertos, na espera de outros problemas. Suava. Pouco depois, uma mulher afastou-se do grupo que a acompanhava na mesa, e lhe falou em voz muito baixa. Tinha um problema de quinhentos pesos.

— Quanto você cobra? — perguntou-lhe o senhor Herbert.

— Cinco.

— Pense bem — disse o senhor Herbert. — São cem homens.

— Não importa — disse ela. — Se consigo todo esse dinheiro junto, estes serão os últimos cem homens da minha vida.

Examinou-a. Era muito jovem, de ossos frágeis, mas seus olhos expressavam uma firme decisão.

— Está bem — disse o senhor Herbert. — Vá para o quarto, que para lá eu os vou mandando, cada um com seus cinco pesos.

Saiu à porta da rua e tocou a campainha. Às sete da manhã, Tobias encontrou aberta a casa de Catarino. Tudo estava apagado. Meio adormecido, e inchado de cerveja, o senhor Herbert controlava o ingresso de homens no quarto da mulher.

Tobias também entrou. A mulher o conhecia e se surpreendeu ao vê-lo no quarto.

— Você também?

— Disseram-me que entrasse — disse Tobias. — Deram-me cinco pesos e me disseram: não demore.

Ela tirou o lençol encharcado da cama e pediu a Tobias que o pegasse de um lado. Pesava como uma rede. Espremeram-no, torcendo-o pelas extremidades, até que recobrou seu peso normal. Viraram o colchão, e o suor saía do outro lado. Tobias fez as coisas de qualquer jeito. Antes de sair, pôs os cinco pesos no montão de notas que ia crescendo junto à cama.

— Mande toda gente que possa — recomendou-lhe o senhor Herbert —, para ver se saímos disto antes do meio-dia.

A mulher entreabriu a porta e pediu uma cerveja gelada. Vários homens esperavam.

— Quantos faltam? — perguntou.

— Sessenta e três — respondeu o senhor Herbert.

35

O velho Jacob passou todo o dia perseguindo-o com o tabuleiro. Ao anoitecer, chegou sua vez, expôs seu problema e o senhor Herbert aceitou. Puseram duas cadeiras e o tabuleiro sobre a mesa grande, em plena rua, e o velho Jacob começou a partida. Foi a última jogada que conseguiu planejar. Perdeu.

— Quarenta pesos — disse o senhor Herbert —, e lhe dou duas pedras de vantagem.

Voltou a ganhar. Suas mãos mal roçavam as pedras. Jogou com os olhos vendados, adivinhando a posição do adversário, e sempre ganhou. A multidão cansou-se de vê-los. Quando o velho Jacob decidiu render-se, estava devendo cinco mil setecentos e quarenta e dois pesos e vinte e três centavos.

Não se alterou. Anotou a cifra num papel e o guardou no bolsinho. Depois, dobrou o tabuleiro, pôs as fichas na caixa, enrolou tudo no jornal.

— Faça de mim o que quiser — disse —, mas não me tire estas coisas. Prometo-lhe que passarei jogando o resto da minha vida, até reunir este dinheiro.

O senhor Herbert olhou o relógio.

— Sinto-o de coração — disse. — O prazo vence dentro de vinte minutos. — Esperou até convencer-se de que o adversário não encontraria a solução. — Não tem nada mais?

— A honra.

— Quero dizer — explicou o senhor Herbert — alguma coisa que mude de cor quando se passa por cima uma brocha com tinta.

— A casa — disse o velho Jacob, como se decifrasse uma charada. — Não vale nada, mas é uma casa.

Foi assim que o senhor Herbert ficou com a casa do velho Jacob. Ficou, além disso, com as casas e propriedades de outros que também não puderam pagar o que deviam, mas ordenou uma semana de músicas, foguetes e acróbatas, e ele mesmo dirigiu a festa.

Foi uma semana memorável. O senhor Herbert falou do maravilhoso destino do povoado, e até desenhou a cidade do futuro, com imensos edifícios envidraçados e pistas de danças nos terraços. Mostrou-a à multidão. Olharam maravilhados, procurando encontrar-se nos transeuntes coloridos, pintados pelo senhor Herbert, mas estavam tão bem-vestidos que não conseguiram reconhecer-se. Doeu-lhes o coração de tanto usá-lo. Riram-se da vontade de chorar que sentiram em outubro, e viveram nas nebulosas da esperança até que o senhor Herbert sacudiu a campainha e proclamou o fim da festa. Só então descansou.

— Vai morrer com essa vida que leva — disse o velho Jacob.

— Tenho tanto dinheiro — disse o senhor Herbert — que não há nenhuma razão para que morra.

Atirou-se na cama. Dormiu dias e dias, roncando como um leão, e se passaram tantos dias que a gente se cansou de esperá-lo. Tiveram que desenterrar caranguejos para comer. Os novos discos de Catarino ficaram tão velhos que já ninguém pôde escutá-los sem lágrimas, e foi preciso fechar a casa.

Muito tempo depois que o senhor Herbert começou a dormir, o padre bateu à porta do velho Jacob. A casa estava fechada por dentro. À medida que a respiração do adormecido ia gastando o ar, as coisas iam perdendo seu peso, e algumas começavam a flutuar.

— Quero falar com ele — disse o padre.

— Tem de esperar — disse o velho Jacob.

— Não tenho muito tempo.

— Sente-se, padre, e espere — insistiu o velho Jacob.

— E enquanto isso, faça-me o favor de falar comigo. Há muito que não sei nada do mundo.

— A gente está em debandada — disse o padre. — Dentro em pouco, o povoado será o mesmo de antes. Essa é a única nova.

— Voltarão — disse o velho Jacob — quando o mar voltar a cheirar rosas.

— Enquanto isso, porém, é preciso alimentar com algo a ilusão dos que ficam — disse o padre. — É urgente começar a construção do templo.

— Por isso veio procurar *Mr.* Herbert — disse o velho Jacob.

— Isto mesmo — disse o padre. — Os gringos são muito caridosos.

— Então, espere, padre — disse o velho Jacob. — Pode ser que acorde.

Jogaram damas. Foi uma partida longa e difícil, de muitos dias, mas o senhor Herbert não acordou.

O padre deixou-se dominar pelo desespero. Andou por toda parte, com um pratinho de cobre, pedindo esmolas para construir o templo. Mas foi muito pouco o que conseguiu. De tanto suplicar, foi-se fazendo cada vez mais diáfano, seus ossos começaram a encher-se de ruído, e num domingo se elevou a dois palmos do chão, mas ninguém ficou sabendo. Então pôs a roupa numa maleta e noutra o dinheiro arrecadado, e se despediu para sempre.

— Não voltará o cheiro — disse aos que tentaram dissuadi-lo. — É preciso encarar a evidência de que o povoado caiu em pecado mortal.

Quando o senhor Herbert acordou, o povoado era o mesmo de antes. A chuva fermentara o lixo que a multidão deixou nas ruas, e o solo era outra vez árido e duro como um tijolo.

— Dormi muito — bocejou o senhor Herbert.
— Séculos — disse o velho Jacob.
— Estou morto de fome.
— Todo mundo está assim — disse o velho Jacob. — Não tem outro remédio senão ir à praia e desenterrar caranguejos.

Tobias o encontrou escavando na areia, com a boca cheia de espuma, e se admirou de que os ricos com fome se parecessem tanto aos pobres. O senhor Herbert não encontrou caranguejos suficientes. Ao entardecer, convidou Tobias para buscar algo que comer no fundo do mar.

— Ouça — preveniu-o Tobias. — Só os mortos sabem o que há lá dentro.

— Também os cientistas sabem — disse o senhor Herbert. — Mais abaixo do mar dos naufrágios há tartarugas de carne saborosa. Dispa-se e vamos.

Foram. Nadaram primeiro em linha reta, e em seguida para baixo, muito fundo, até onde acabou a luz do sol e logo a do mar, e as coisas só eram visíveis por sua própria luz. Passaram diante de um povoado submerso, com homens e mulheres a cavalo, que andavam à volta da loja de música. Era um dia esplêndido e havia flores de cores vivas nos terraços.

— Afundou num domingo, perto das onze da manhã — disse o senhor Herbert. — Deve ter sido um cataclismo.

Tobias dirigiu-se ao povoado, mas o senhor Herbert fez-lhe sinais para segui-lo até o fundo.

— Ali há rosas — disse Tobias. — Quero que Clotilde as conheça.

— Noutro dia você volta com vagar — disse o senhor Herbert. — Agora estou morto de fome.

Descia como um polvo, com braçadas largas e silenciosas. Tobias, que fazia esforços para não perdê-lo de vista, pensou que aquele devia ser o modo de nadar dos ricos. Pouco a pouco foram deixando o mar das catástrofes comuns, e entraram no mar dos mortos.

Havia tantos que Tobias não acreditou ter visto tanta gente no mundo. Flutuavam imóveis, boca para cima, em diferentes níveis, e todos tinham a expressão dos seres esquecidos.

— São mortos muito antigos — disse o senhor Herbert.
— Precisaram de séculos para alcançar esse estado de repouso.

Mais abaixo, nas águas dos mortos recentes, o senhor Herbert parou. Tobias o alcançou no instante em que passava, diante deles, uma mulher muito jovem. Flutuava de costas, com os olhos abertos, seguida por uma guirlanda de flores. O senhor Herbert pôs o indicador na boca e permaneceu assim até que passaram as últimas flores.

— É a mulher mais formosa que vi em minha vida — disse.

— É a mulher do velho Jacob — disse Tobias. — Está cinquenta anos mais jovem, mas é ela. Certamente.

— Viajou muito — disse o senhor Herbert. — Leva consigo a flora de todos os mares do mundo.

Chegaram ao fundo. O senhor Herbert deu várias voltas sobre um solo que parecia de ardósia lavrada. Tobias o seguiu. Só quando se acostumou à penumbra da profundidade, descobriu que ali estavam as tartarugas. Havia milhares, achatadas no fundo e tão imóveis que pareciam petrificadas.

— Estão vivas — disse o senhor Herbert —, mas dormem há milhões de anos.

Virou uma. Com um impulso suave, empurrou-a para cima, e o animal adormecido escapou-lhe das mãos e continuou subindo à deriva. Tobias deixou-a passar. Então olhou para a superfície e viu todo o mar ao contrário.

— Parece um sonho — disse.
— Para o seu próprio bem — disse o senhor Herbert — não conte isto a ninguém. Imagine a desordem que haveria no mundo se todos soubessem estas coisas.
Era quase meia-noite quando voltaram ao povoado. Acordaram Clotilde para que fervesse a água. O senhor Herbert degolou a tartaruga, mas os três tiveram que perseguir e matar outra vez o coração, que saiu pulando pelo pátio quando a esquartejaram. Comeram até não poder respirar.
— Bem, Tobias — disse então o senhor Herbert —, é preciso encarar a realidade.
— Naturalmente.
— E a realidade — continuou o senhor Herbert — é que esse cheiro não voltará nunca mais.
— Voltará.
— Não voltará — interveio Clotilde —, principalmente porque não veio nunca. Foi você que enganou todo mundo.
— Você mesmo o sentiu — disse Tobias.
— Naquela noite estava meio estonteada — disse Clotilde. — Mas agora não estou certa de nada que tenha relação com este mar.
— Então vou embora — disse o senhor Herbert. E acrescentou, dirigindo-se a ambos: — Vocês também deviam ir. Há muitas coisas que fazer no mundo para que fiquem passando fome neste povoado.
E foi embora. Tobias permaneceu no pátio, contando as estrelas até o horizonte, e descobriu que havia mais três

desde dezembro anterior. Clotilde chamou-o ao quarto, mas ele não lhe deu atenção.

— Vem para cá, preguiçoso — insistiu Clotilde. — Faz séculos que não fazemos como os coelhinhos.

Tobias esperou um longo tempo. Quando afinal entrou, ela havia adormecido novamente. Despertou-a um pouco, mas estava tão cansado que ambos confundiram as coisas e por último só puderam fazer como as minhocas.

— Você está distraído — disse Clotilde, de mau humor.

— Trate de pensar noutra coisa.

— Estou pensando noutra coisa.

Ela quis saber o que era, e ele decidiu contar-lhe com a condição de que não o repetisse. Clotilde prometeu.

— No fundo do mar — disse Tobias — há um povoado de casinhas brancas com milhões de flores nos terraços.

Clotilde levou as mãos à cabeça.

— Ai, Tobias — exclamou. — Ai, Tobias, pelo amor de Deus, não vá começar outra vez com estas coisas.

Tobias não voltou a falar. Rolou até a beirada da cama e procurou dormir. Não conseguiu até o amanhecer, quando mudou a brisa e os caranguejos o deixaram tranquilo.

O afogado mais bonito do mundo

Os primeiros meninos que viram o volume escuro e silencioso que se aproximava pelo mar imaginaram que era um barco inimigo. Depois viram que não trazia bandeiras nem mastreação, e pensaram que fosse uma baleia. Quando, porém, encalhou na praia, tiraram-lhe os matos de sargaços, os filamentos de medusas e os restos de cardumes e naufrágios que trazia por cima, e só então descobriram que era um afogado.

Tinham brincado com ele toda a tarde, enterrando-o e o desenterrando na areia, quando alguém os viu por acaso e deu o alarma no povoado. Os homens que o carregaram à casa mais próxima notaram que pesava mais que todos os mortos conhecidos, quase tanto quanto um cavalo, e se disseram que talvez tivesse estado muito tempo à deriva e a água penetrara-lhe nos ossos. Quando o estenderam no chão viram que fora muito maior que todos os homens, pois mal cabia na casa, mas pensaram que talvez a capacidade de continuar crescendo depois da morte estava na natureza de certos afogados. Tinha o cheiro do mar e só a forma permitia supor que fosse o cadáver de um ser humano, porque sua pele estava revestida de uma couraça de rêmora e de lodo.

Não tiveram que limpar seu rosto para saber que era um morto estranho. O povoado tinha apenas umas vinte casas de tábuas, com pátios de pedra sem flores, dispersas no fim de um cabo desértico. A terra era tão escassa que as mães andavam sempre com medo de que o vento levasse os meninos, e os poucos mortos que os anos iam causando tinham que atirar das escarpas. Mas o mar era manso e pródigo, e todos os homens cabiam em sete botes. Assim, quando encontraram o afogado, bastou-lhes olhar uns aos outros para perceber que nenhum faltava.

Naquela noite não foram trabalhar no mar. Enquanto os homens verificavam se não faltava alguém nos povoados vizinhos, as mulheres ficaram cuidando do afogado. Tiraram-lhe o lodo com escovas de esparto, desembaraçaram-lhe os cabelos dos abrolhos submarinos e rasparam a rêmora com ferros de descarnar peixes. À medida que o faziam, notaram que a vegetação era de oceanos remotos e de águas profundas; e que suas roupas estavam em frangalhos, como se houvesse navegado por entre labirintos de corais. Notaram também que carregava a morte com altivez, pois não tinha o semblante solitário dos outros afogados do mar, nem tampouco a catadura sórdida e indigente dos afogados dos rios. Somente, porém, quando acabaram de limpá-lo tiveram consciência da classe de homens que era, e então ficaram sem respiração. Não só era o mais alto, o mais forte, o mais viril e o mais bem-servido que jamais tinham visto, senão que, embora o estivessem vendo, não lhes cabia na imaginação.

Não encontraram no povoado uma cama bastante grande para estendê-lo nem uma mesa bastante sólida para velá-lo. Não lhe serviram as calças de festa dos homens mais altos, nem as camisas de domingo dos mais corpulentos, nem os sapatos do maior tamanho. Fascinadas por sua desproporção e sua beleza, as mulheres decidiram então fazer-lhe umas calças com um bom pedaço de vela carangueja e uma camisa de cretone de noiva, para que pudesse continuar sua morte com dignidade. Enquanto costuravam, sentadas em círculo, contemplando o cadáver entre ponto e ponto, parecia-lhes que o vento não fora nunca tão tenaz nem o Caribe estivera tão ansioso como naquela noite, e supunham que essas mudanças tinham algo a ver com o morto. Pensavam que se aquele homem magnífico tivesse vivido no povoado, sua casa teria as portas mais largas, o teto mais alto e o piso mais firme, e o estrado de sua cama seria de cavernas mestras com pernas de ferro, e sua mulher seria a mais feliz. Pensavam que tivera tanta autoridade que poderia tirar os peixes do mar só os chamando por seus nomes, e pusera tanto empenho no trabalho que fizera brotar mananciais entre as pedras mais áridas, e semear flores nas escarpas. Compararam-no, em segredo, com seus homens, pensando que não seriam capazes de fazer, em toda uma vida, o que aquele era capaz de fazer numa noite, e acabaram por repudiá-los, no fundo dos seus corações, como os seres mais fracos e mesquinhos da terra. Andavam perdidas por esses labirintos de fantasia, quando a mais velha das mulheres, que por ser a mais velha contemplara o afogado com menos paixão que compaixão, suspirou:

— Tem cara de se chamar Estêvão.

Era verdade. À maioria bastou olhá-lo outra vez para compreender que não podia ter outro nome. As mais teimosas, que eram as mais jovens, mantiveram-se com a ilusão de que, ao vesti-lo, estendido entre flores e com uns sapatos de verniz, pudesse chamar-se Lautaro. Mas foi uma ilusão vã. O lençol ficou curto, as calças, malcortadas e pior costuradas, ficaram apertadas e as forças ocultas de seu coração faziam saltar os botões da camisa. Depois da meia-noite diminuíram os assovios do vento e o mar caiu na sonolência da quarta-feira. O silêncio pôs fim às últimas dúvidas: era Estêvão. As mulheres que o vestiram, as que o pentearam, as que lhe cortaram as unhas e barbearam não puderam reprimir um estremecimento de compaixão quando tiveram de resignar-se a deixá-lo estendido no chão. Foi então quando compreenderam quanto devia ter sido infeliz com aquele corpo descomunal, se até depois de morto o estorvava. Viram-no condenado em vida a passar de lado pelas portas, a ferir-se nos tetos, a permanecer de pé nas visitas, sem saber o que fazer com suas ternas e rosadas mãos de boi marinho, enquanto a dona da casa procurava a cadeira mais resistente e suplicava-lhe, morta de medo, sente-se aqui Estêvão, faça-me o favor, e ele encostado nas paredes, sorrindo, não se preocupe senhora, estou bem assim, com os calcanhares em carne viva e as costas abrasadas de tanto repetir o mesmo, em todas as visitas, não se preocupe senhora, estou bem assim, só para não passar pela vergonha de destruir a cadeira, e talvez sem ter sabido nunca que aqueles que lhe diziam não se vá, Estêvão, espere pelo menos até que aqueça o café, eram os mesmos que, depois, sussurravam já se foi o bobo grande, que bom, já se foi o bobo bonito. Isto pensavam as mulheres diante do cadáver um pouco antes do amanhecer. Mais tarde, quando lhe cobriram o rosto com um lenço para que não o maltratasse a luz, viram-no tão morto para sempre, tão indefeso, tão parecido com os seus homens, que se abriram as primeiras gretas de lágrimas nos seus corações. Foi uma das mais jovens que começou a soluçar. As outras, consolando-se entre si, passaram dos suspiros aos lamentos, e quanto mais soluçavam, mais vontade sentiam de chorar, porque o afogado estava se tornando cada vez mais Estêvão, até que o choraram tanto que ficou sendo o homem mais desvalido da Terra, o mais manso e o mais serviçal, o pobre Estêvão. Assim que, quando os homens voltaram com a notícia de que o afogado também não era dos povoados vizinhos, elas sentiram um vazio de júbilo entre as lágrimas.

— Bendito seja Deus — suspiraram: — é nosso! Os homens acreditaram que aqueles exageros não eram mais que frivolidades de mulher. Cansados das demoradas averiguações da noite, a única coisa que queriam era descartar-se de uma vez do estorvo do intruso, antes que acendesse o sol bravo daquele dia árido e sem vento. Improvisaram umas padiolas com restos de traquetes e espichas, e as amarraram com carlingas de altura, para que resistissem ao peso do corpo até as escarpas. Quiseram prender-lhe aos tornozelos uma âncora de navio mercante para que ancorasse, sem tropeços, nos mares mais profundos, onde os peixes são cegos e os búzios morrem de saudade, de modo que as más correntes não o devolvessem à margem, como acontecera com outros corpos. Porém, quanto mais se apressavam, mais coisas as mulheres lembraram para perder tempo. Andavam como galinhas assustadas, bicando amuletos do mar nas arcas, umas estorvando aqui porque queriam pôr no afogado os escapulários do bom vento, outras estorvando lá para abotoar-lhe uma pulseira de orientação; e depois de tanto sai daí mulher, ponha-se onde não estorve, olhe que quase me faz cair sobre o defunto, aos fígados dos homens subiram as suspeitas e eles começaram a resmungar, para que tanta bugiganga de altar-mor para um forasteiro, se por muitos cravos e caldeirinhas que levasse em cima os tubarões iam mastigá-lo, mas elas continuavam ensacando suas relíquias de quinquilharia, levando e trazendo, tropeçando, enquanto gastavam em suspiros o que poupavam em lágrimas, tanto que os homens acabaram por se exaltar, desde quando aqui semelhante alvoroço por um morto ao léu, um afogado de nada, um presunto de merda. Uma das mulheres, mortificada por tanta insensibilidade, tirou o lenço do rosto do cadáver e também os homens perderam a respiração. Era Estêvão. Não foi preciso repeti-lo para que o reconhecessem. Se lhe tivessem chamado S*ir* Walter Raleigh, talvez, até eles ter-se-iam impressionado com seu sotaque de gringo, com sua arara no ombro, com seu arcabuz de matar canibais, mas Estêvão só podia ser único no mundo e ali estava atirado, como um peixe inútil, sem polainas, com umas calças que não lhe cabiam e umas unhas cheias de barro, que só se podia cortar a faca. Bastou que lhe tirassem o lenço do rosto para perceber que estava envergonhado, de que não tinha a culpa de ser tão grande, nem tão pesado, nem tão bonito, e se soubesse que isso ia acontecer, teria procurado um lugar mais discreto para afogar-se, de verdade, me amarraria eu mesmo uma âncora de galeão no pescoço e teria tropeçado como quem não quer nada nas escarpas, para não andar agora estorvando com este morto de quarta-feira, como vocês chamam, para não molestar ninguém com esta porcaria de presunto que nada tem a ver comigo. Havia tanta verdade no seu modo de estar que até os homens mais desconfiados, os que achavam amargas as longas noites do mar, temendo que suas mulheres se cansassem de sonhar com eles para sonhar com os afogados, até esses, e outros mais empedernidos, estremeceram até a medula com a sinceridade de Estêvão. Foi por isso que lhe fizeram os funerais mais esplêndidos que se podiam conceber para um afogado enjeitado. Algumas mulheres, que tinham ido buscar flores nos povoados vizinhos, voltaram com outras que não acreditavam no que lhes contavam, e estas foram buscar mais flores quando viram o morto, e levaram mais e mais, até que houve tantas flores e tanta gente que mal se podia caminhar. Na última hora, doeu-lhes devolvê-lo órfão às águas, e lhe deram um pai e uma mãe dentre os melhores, e outros se fizeram seus irmãos, tios e primos de tal forma que, através dele, todos os habitantes do povoado acabaram por ser parentes entre si. Alguns marinheiros que ouviram o choro a distância perderam a segurança do rumo, e se soube de um que se fez amarrar ao mastro maior, recordando antigas fábulas de sereias. Enquanto se disputavam o privilégio de levá-lo nos ombros, pelo declive íngreme das escarpas, homens e mulheres perceberam, pela primeira vez, a desolação de suas ruas, a aridez de seus pátios, a estreiteza de seus sonhos, diante do esplendor e da beleza do seu afogado. Jogaram-no sem âncora, para que voltasse se quisesse, e quando o quisesse, e todos prenderam a respiração durante a fração de séculos que demorou a queda do corpo até o abismo. Não tiveram necessidade de olhar-se uns aos outros para perceber que já não estavam todos, nem voltariam a estar jamais. Mas também sabiam que tudo seria diferente desde então, que suas casas teriam as portas mais largas, os tetos mais altos, os pisos mais firmes, para que a lembrança de Estêvão pudesse andar por toda parte, sem bater nas traves, e que ninguém se atrevesse a sussurrar no futuro já morreu o bobo grande, que pena, já morreu o bobo bonito, porque eles iam pintar as fachadas de cores alegres para eternizar a memória de Estêvão, e iriam quebrar a espinha cavando mananciais nas pedras e semeando flores nas escarpas para que, nas auroras dos anos venturosos, os passageiros dos grandes navios despertassem sufocados por um perfume de jardins em alto-mar, e o capitão tivesse que baixar do seu castelo de proa, em uniforme de gala, astrolábio, estrela polar e sua enfiada de medalhas de guerra, e, apontando o promontório de rosas no horizonte do Caribe, dissesse em catorze línguas, olhem lá, onde o vento é agora tão manso que dorme debaixo das camas, lá, onde o sol brilha tanto que os girassóis não sabem para onde girar, sim, lá é o povoado de Estêvão.

Morte constante para lá do amor

Faltavam seis meses e onze dias para o Senador Onésimo Sanchez morrer quando encontrou a mulher de sua vida. Conheceu-a no Rosal do Vice-Rei, um povoadinho sem importância, que de noite era uma doca clandestina para os navios importantes dos contrabandistas, e em troca, a pleno sol, parecia o pedaço mais inútil do deserto, diante de um mar árido e sem rumos, e tão afastado de tudo que ninguém suspeitaria que ali vivesse alguém capaz de mudar o destino de ninguém. Até seu nome parecia uma brincadeira, pois a única rosa que se viu naquele povoado foi levada pelo próprio Senador Onésimo Sanchez, na mesma tarde em que conheceu Laura Farina.

Era uma escala inevitável na campanha eleitoral de cada quatro anos. Pela manhã, tinham chegado os furgões da farândola. Depois chegaram os caminhões com os índios de aluguel, que levavam pelos povoados para completar as multidões dos atos públicos. Pouco antes das onze, com música e foguetes e os campeiros da comitiva, chegou o automóvel ministerial, da cor do refresco de morango. O Senador Onésimo Sanchez estava calmo e à vontade dentro do carro refrigerado, mas logo que abriram a porta, estremeceu-o um ar de fogo, sua camisa de seda natural ficou empapada por uma sopa azulada e ele se sentiu muitos anos mais velho e mais só do que nunca. Na vida real, acabara de completar 42 anos, formara-se com distinção em engenharia metalúrgica em Göttingen, na Alemanha, e era um leitor perseverante, embora sem muita sorte, dos clássicos latinos maltraduzidos. Casado com uma alemã radiante, com quem tinha cinco filhos, todos eram felizes em sua casa, e ele fora o mais feliz de todos até que lhe anunciaram, três meses antes, que estaria morto para sempre no próximo Natal.

    Enquanto terminavam os preparativos da manifestação pública, o senador conseguiu ficar só, durante uma hora, na casa que lhe reservaram para descansar. Antes de se deitar, pôs na água uma rosa natural, que conservara fresca através do deserto, almoçou o regime que levava, para evitar os repetidos assados de cabrito que o esperavam pelo resto do dia, e tomou várias pílulas analgésicas antes da hora marcada, para que o alívio chegasse primeiro que a dor. Em seguida, ligou o ventilador elétrico bem perto da rede e se deitou nu, durante quinze minutos, na penumbra da rosa, fazendo um grande esforço de distração mental, para não pensar na morte enquanto cochilava. Além dos médicos, ninguém sabia que estava condenado a um fim marcado, pois se decidira a sofrer sozinho seu segredo, sem nenhuma mudança de vida, e não por orgulho, mas por pudor.

Sentia-se com um domínio completo do seu arbítrio quando reapareceu em público, às três da tarde, repousado e limpo, com umas calças de linho cru e uma camisa estampada, e com a alma apaziguada por analgésicos. Todavia, a erosão da morte era muito mais pérfida do que supunha, pois ao subir à tribuna sentiu um puro desprezo por aqueles que disputaram a sorte de apertar-lhe a mão, e não se compadeceu, como em outros tempos, das manadas de índios descalços que mal podiam resistir ao fogo da caliça da pracinha nua. Silenciou os aplausos com um sinal de mão, quase com raiva, e começou a falar sem gestos, com os olhos fixos no mar que suspirava de calor. Sua voz pausada e profunda tinha a nobreza da água em repouso, mas o discurso decorado e tantas vezes repisado não lhe ocorrera para dizer a verdade, senão por oposição a uma sentença fatalista do quarto livro de memórias de Marco Aurélio.

— Estamos aqui para derrotar a natureza — começou, contra todas as suas convicções. — Já não seremos mais os enjeitados da pátria, os órfãos de Deus no reino da sede e da intempérie, os exilados em nossa própria terra. Seremos outros, senhoras e senhores, seremos grandes e felizes.

Eram as fórmulas do seu circo. Enquanto falava, seus ajudantes jogavam ao ar punhados de passarinhos de papel, e os falsos animais ganhavam vida, revoluteavam sobre a tribuna de tábuas, e seguiam para o mar. Ao mesmo tempo, outros tiravam dos furgões umas árvores artificiais, com folhas de feltro, e as semeavam às costas da multidão, no chão de salitre. Por último, armavam uma fachada de papelão, com casas fingidas de tijolos vermelhos e janelas de vidro, e assim tapavam os ranchos miseráveis da vida real. O senador prolongou o discurso com duas citações em latim para dar tempo à farsa. Prometeu máquinas de fazer chuva, os viveiros portáteis de animais domésticos, os azeites da felicidade que fariam crescer legumes na caliça e cortinados nas janelas. Quando viu que seu mundo de fantasia estava pronto, mostrou-o com o dedo.

— Assim seremos, senhoras e senhores — gritou. — Olhem. Assim seremos.

O público voltou-se. Um transatlântico de papel pintado passava por trás das casas, e era mais alto que as casas mais altas da cidade de mentira. Só o próprio senador observou que, à força de ser armado e desarmado, levado de um lugar a outro, também o povoado de papelão superposto estava carcomido pela intempérie, e era quase tão pobre e empoeirado e triste como o Rosal do Vice-Rei.

Nelson Farina não foi saudar o senador pela primeira vez em doze anos. Escutou o discurso de sua rede, entre os pedaços da sesta, sob a fresca cobertura de ramos de uma casa de tábua rústica, que construíra com as mesmas mãos de boticário com que esquartejou sua primeira mulher. Fugira da cadeia de Caiena e apareceu no Rosal do Vice-Rei em um navio carregado de araras preparadas, com uma negra bonita e desbocada, que encontrou em Paramaribo, e com quem teve uma filha. A mulher morreu de morte natural, pouco tempo depois, e não teve a sorte da outra, cujos pedaços alimentaram sua própria horta de couves-flores, porque a enterraram inteira e com seu nome de holandês no cemitério local. A filha herdara sua cor, sua corpulência, e os olhos amarelos e atônitos do pai, que tinha razões para supor que estava criando a mulher mais bela do mundo.

Desde que conheceu o Senador Onésimo Sanchez, na primeira campanha eleitoral, Nelson Farina pedira sua ajuda para obter uma falsa carteira de identidade que o pusesse a salvo da justiça. O senador, amável porém firme, negou-lha. Nelson Farina não se conformou durante vários anos, e a cada ocasião que teve reiterou o pedido, com uma razão diferente. Mas sempre recebeu a mesma resposta. Por isso, daquela vez ficou na rede, condenado a apodrecer vivo naquela abrasadora guarida de bucaneiros. Quando ouviu os aplausos finais, esticou a cabeça e, por cima das estacas do cercado, viu o revés da farsa: os esteios das construções, as armações das árvores, os enganadores escondidos, empurrando o transatlântico. Cuspiu seu rancor.

— Merde — disse — c'est le Blacaman de la politique.

Depois do discurso, como de costume, o senador deu uma caminhada pelas ruas do povoado, entre a música e os foguetes, e assediado pela gente do povoado, que lhe contava suas penas. O senador os escutava de boa vontade, e sempre encontrava uma forma de consolar a todos sem fazer-lhes grandes favores. Uma mulher, encarapitada no teto de uma casa, entre seus seis filhos menores, conseguiu fazer-se ouvir por cima do barulho e do troar da pólvora.

59

— Eu não peço muito, senador — disse —, nada mais que um burro para trazer água do Poço do Enforcado.

O senador olhou as seis crianças esquálidas.

— Que é do seu marido? — perguntou.

— Foi fazer a vida na ilha de Aruba — respondeu a mulher de bom humor —, e só encontrou uma forasteira dessas que põem diamantes nos dentes.

A resposta provocou um estrondo de gargalhadas.

— Está bem — decidiu o senador —, terá o seu burro.

Pouco depois, um ajudante levou à casa da mulher um burro de carga, em cujo lombo escreveram, com tinta permanente, um lema eleitoral, para que ninguém esquecesse que era presente do senador.

No breve trajeto da rua, realizou outros gestos menores, e deu uma colherada de remédio a um doente, que fizera levar sua cama à porta da casa para vê-lo passar. Na última esquina, por entre as estacas do pátio, viu Nelson Farina na rede, que lhe pareceu cinzento e melancólico, mas saudou-o sem afeto:

— Como vai?

Nelson Farina mexeu-se na rede e a deixou ensopada, com um cinza triste no olhar.

— *Moi, vous savez* — disse.

Sua filha saiu ao pátio quando ouviu a saudação. Levava uma bata *guajira* ordinária e gasta, e tinha a cabeça guarnecida por laços de fita coloridos e o rosto pintado; apesar de descuidada, deixava ver que não havia outra mais bonita no mundo. O senador espantou-se.

— Porra — suspirou maravilhado —, as coisas que Deus faz!

Nessa noite, Nelson Farina vestiu a filha com suas melhores roupas e a mandou ao senador. Dois guardas armados com rifles, que cabeceavam de calor na casa emprestada, ordenaram-lhe que esperasse na única cadeira do vestíbulo.

O senador estava na sala ao lado, reunido com os importantes de Rosal do Vice-Rei, a quem convocara para contar-lhes as verdades que ocultava nos discursos. Eram tão parecidos aos que assistiam sempre, em todos os povoados do deserto, que o senador sentia-se enfarado com a mesma sessão todas as noites. Tinha a camisa ensopada de suor e tratava de secá-la sobre o corpo, com a brisa quente do ventilador elétrico, que zumbia como uma varejeira na modorra do quarto.

— Nós, naturalmente, não engolimos passarinhos de papel — disse. — Vocês e eu sabemos que no dia em que haja árvores e flores neste cagador de cabritos, no dia em que haja peixes em vez de vermes nos poços, nesse dia, nem vocês nem eu teremos nada que fazer aqui. Estou sendo claro?

Ninguém respondeu. Enquanto falava, o senador arrancou uma gravura do calendário e fez uma borboleta de papel. Colocou-a na corrente do ventilador, sem nenhum propósito, e a borboleta revoluteou dentro do quarto e saiu pela porta entreaberta. O senador continuou falando com uma certeza sustentada na cumplicidade da morte.

— Então — disse — não tenho que repetir-lhes o que já sabem de sobra: que a minha reeleição é melhor negócio para vocês que para mim, porque eu estou até aqui de águas podres e suor de índios, e em troca vocês vivem disso.

Lama Farina viu sair a borboleta de papel. Só ela viu, porque os guardas do vestíbulo adormeceram nos bancos abraçados aos fuzis. Depois de várias voltas, a enorme borboleta litografada desfez-se toda, bateu contra a parede, e ficou grudada. Laura Farina tratou de arrancá-la com as unhas. Um dos guardas, que acordou com os aplausos da sala ao lado, notou sua inútil tentativa.

— Não pode arrancar — disse entre sonhos. — Está pintada na parede.

Laura Farina voltou a sentar-se quando começaram a sair os homens da reunião. O senador permaneceu na porta do quarto, com a mão no trinco, e só viu Laura Farina quando o vestíbulo ficou desocupado.

— O que é que você faz aqui?

— C'est de la part de mon père — disse ela.

O senador entendeu. Examinou a guarda sonolenta, examinou em seguida Laura Farina, cuja beleza inverossímil era mais imperiosa que sua dor, e então resolveu que a morte decidisse por ele.

— Entre — disse-lhe.

Laura Farina ficou maravilhada na porta da sala: milhares de notas flutuavam no ar, voando como a borboleta. O senador, porém, desligou o ventilador, as notas ficaram sem ar e pousaram sobre as coisas do quarto.

— Está vendo — sorriu —, até a merda voa.

Laura Farina sentou-se como numa carteira de escola. Tinha a pele lisa e tensa, com a mesma cor e a mesma densidade solar do petróleo cru, e seus cabelos eram de crinas de potranca e seus olhos imensos eram mais claros que a luz. O senador seguiu a direção do seu olhar e encontrou, no fim, a rosa maltratada pelo salitre.

— É uma rosa — disse.

— Sim — disse ela, com um resto de perplexidade —, eu conheci em Riohacha.

O senador sentou-se num catre de campanha, falando de rosas, enquanto desabotoava a camisa. Sobre o lado, onde supunha que estivesse o coração dentro do peito, tinha a tatuagem corsária de um coração flechado. Jogou ao chão a camisa molhada e pediu a Laura Farina que o ajudasse a tirar as botas.

Ela se ajoelhou diante do catre. O senador continuou a examiná-la, pensativo, e enquanto desamarrava os cordões, interrogou-se de qual dos dois seria a má sorte daquele encontro.

— Você é uma criança — disse.

— Não acredite — disse ela. — Vou completar 19 em abril.

O senador se interessou.

— Em que dia?

— A onze — disse ela.

O senador sentiu-se melhor. "Somos Áries", disse. E juntou sorrindo:

— É o signo da solidão.

Laura Farina não lhe deu atenção, pois não sabia o que fazer com as botas. O senador, por sua vez, não sabia o que fazer com Laura Farina, porque não estava acostumado aos amores imprevistos, e além disso estava consciente de que aquele tinha origem na indignidade. Só para ganhar tempo de pensar, aprisionou Laura Farina com os joelhos, abraçou-a pela cintura e se estendeu de costas no catre. Então compreendeu que ela estava nua debaixo do vestido, porque seu corpo exalou uma fragrância desconhecida de animal selvagem, mas tinha o coração assustado e a pele arrepiada por um suor gelado.

— Ninguém nos quer — suspirou ele.

Laura Farina quis dizer algo, mas o ar só lhe chegava para respirar. Deitou-a a seu lado para ajudá-la, apagou a luz, e o aposento ficou na penumbra da rosa. Ela se abandonou à misericórdia do seu destino. O senador acariciou-a devagar, procurou com a mão, mal tocando, mas onde esperava encontrá-la tropeçou com um estorvo de ferro.

— O que é que você tem aí?

— Um cadeado — disse ela.

— Que disparate! — disse o senador, furioso, e perguntou o que sabia de sobra. — Onde está a chave?

Laura Farina respirou aliviada.

— Está com papai — respondeu. — Disse que dissesse ao senhor para mandá-la buscar por um próprio, e que com ele vá um compromisso escrito de que vai arranjar sua situação.

O senador ficou tenso. "Francês corno", murmurou indignado. Então fechou os olhos para relaxar e se encontrou na escuridão. Lembre-se — recordou — *seja você ou outro qualquer, estará morto dentro de pouco tempo, e que pouco depois não ficará nem sequer o nome.* Esperou que passasse o calafrio.

— Diga-me uma coisa — perguntou então: — O que é que você tem ouvido dizer de mim?

— A verdade, de verdade?

— A verdade, de verdade.

— Bem — atreveu-se Laura Farina —, dizem que o senhor é pior que os outros, porque é diferente.

O senador não se alterou. Fez um longo silêncio, com os olhos fechados, e quando os abriu de novo parecia de volta dos seus instintos mais profundos.

— Que porra — decidiu —, diga ao corno do seu pai que vou resolver seu assunto.

— Se quiser vou eu mesma buscar a chave — disse Laura Farina.

O senador a reteve.

— Esqueça-se da chave — disse — e durma um pouco comigo. É bom ter alguém quando se está só.

Então ela o deitou no seu ombro, com os olhos fixos na rosa. O senador a abraçou pela cintura, escondeu o rosto na sua axila de animal selvagem e sucumbiu ao terror. Seis meses e onze dias depois morreria nessa mesma posição, desmoralizado e repudiado pelo escândalo público de Laura Farina, e chorando de raiva por morrer sem ela.

A última viagem
do navio fantasma

Agora vão ver quem sou eu, se disse, com seu novo vozeirão de homem, muitos anos depois de ter visto, pela primeira vez, o imenso transatlântico, sem luzes e sem ruídos, que uma noite passou diante do povoado como um grande palácio desabitado, maior que todo o povoado e muito mais alto que a torre de sua igreja, e continuou navegando em trevas até a cidade colonial fortificada contra os bucaneiros, do outro lado da baía, com seu antigo porto negreiro e o farol giratório, cujos lúgubres fachos de luz, a cada quinze segundos, transfiguravam o povoado num acampamento desbotado, de casas fosforescentes e ruas de desertos vulcânicos, e embora ele fosse então um menino, sem vozeirão de homem, mas com permissão da mãe para escutar, até bem tarde, na praia, as harpas noturnas do vento, ainda podia recordar, como se o estivesse vendo, que o transatlântico desaparecia quando a luz do farol batia no seu casco, e voltava a aparecer quando a luz acabava de passar, de modo que era um navio intermitente, que ia aparecendo e desaparecendo até a entrada da baía, procurando, com tateios de sonâmbulo, as boias que assinalavam o canal do porto, até que algo pareceu falhar em suas agulhas de orientação, porque derivou para os escolhos, tropeçou, quebrou-se em pedaços e afundou sem nenhum ruído, se bem que semelhante encontrão com os recifes era para produzir um fragor de ferros e uma explosão de máquinas de gelar de pavor os dragões mais adormecidos na selva pré-histórica, que começava nas últimas ruas da cidade e terminava no outro lado do mundo, de tal modo que ele mesmo acreditou que era um sonho, principalmente no dia seguinte, quando viu o radiante aquário da baía, a desordem de cores das barracas dos negros nas colinas do porto, as escunas dos contrabandistas das Guianas recebendo seu carregamento de papagaios preparados, com o bucho cheio de diamantes, pensou, adormeci contando as estrelas, e sonhei com esse navio enorme, claro, ficou tão convencido que não contou nada a ninguém nem voltou a se lembrar da visão até a mesma noite do março seguinte, quando andava procurando nuvens de delfins no mar e o que encontrou foi o transatlântico fantástico, sombrio, intermitente, com o mesmo destino errado da primeira vez, só que então ele estava tão certo de estar acordado que correu para contar à mãe, e ela passou três semanas gemendo de desilusão, porque seu miolo está apodrecendo de tanto remar contra a corrente, dormindo de dia e vagabundeando de noite, como gente de má vida, e como teve que ir à cidade por esses dias, à procura de algo cômodo para sentar-se e pensar no marido morto, pois se gastaram as molas da sua cadeira de balanço em onze anos de viuvez, aproveitou a ocasião para pedir ao homem do bote que fosse pelos recifes, de modo que o filho pudesse ver o que de fato viu na vitrina do mar, os amores das arraias nas primaveras de esponjas, os capatões rosados e as corvinas azuis mergulhando nos poços de água mais tépida que havia dentro das águas, e até as cabeleiras errantes dos afogados de algum naufrágio colonial, mas nem sinal de transatlânticos afundados nem droga de menino bobo, e, entretanto, ele continuou tão teimoso que a mãe prometeu acompanhá-lo na vigília do próximo março, certo, sem saber já que a única certeza que havia no seu futuro era uma poltrona do tempo de Francis Drake, que comprou num leilão de turcos e na qual sentou para descansar naquela mesma noite, suspirando, meu pobre Holofernes, se visse o bem que se pensa em você sobre estes abrigos de veludo e com estes brocados de catafalco de rainha, mas quanto mais evocava o marido morto mais borbulhava e se tornava escuro o sangue no coração, como se em vez de estar sentada estivesse correndo, encharcada de calafrios e com a respiração cheia de terra, até que ele voltou de madrugada e a encontrou morta na poltrona, ainda quente mas já meio apodrecida como os guisados de cobra, o mesmo que aconteceu depois a outras quatro senhoras, antes que atirassem ao mar a poltrona assassina, muito longe, onde não fizesse mal a ninguém, pois a usaram tanto através dos séculos que se gastara sua faculdade de produzir repouso, de modo que ele teve de acostumar-se à miserável rotina de órfão, apontado por todos como o filho da viúva que levou ao povoado o trono da desgraça, vivendo não tanto da caridade pública como do peixe que roubava nos botes, enquanto a voz se tornava de bramante e não lembrava mais de suas visões de antanho, até outra noite de março, em que olhou por casualidade o mar, e logo, minha mãe, ali está, a descomunal baleia de amianto, a besta barriguda venham vê-la, gritava enlouquecido, venham vê-la, promovendo tal alvoroço de latidos de cães e pânicos de mulher que até os homens mais velhos se lembraram dos espantos de seus bisavós e se meteram debaixo da cama acreditando que o pirata William Dampier voltara, mas os que saíram à rua não se deram ao trabalho de ver o aparelho inverossímil que, naquele instante, voltava a perder o oriente e se destruía no desastre anual, senão que o acertaram com força e o deixaram tão quebrado, que foi então quando ele se disse, babando de raiva, agora vão ver quem sou eu, mas evitou de partilhar com quem quer que fosse sua determinação e passou o ano inteiro com a ideia fixa, agora vão ver quem sou eu, esperando que fosse outra vez a véspera das aparições para fazer o que fez, pronto, roubou um bote, atravessou a baía e passou a tarde esperando por sua grande hora nas quebradas do porto negreiro, entre a geleia humana do Caribe, mas tão absorto em sua aventura que não se deteve, como sempre, diante das lojas dos hindus, para ver os mandarins de marfim talhados no dente inteiro do elefante, nem caçou dos negros holandeses em suas cadeiras de rodas, nem se assustou, como nas outras vezes, com os malaios de pele de cobra, que haviam dado volta ao mundo seduzidos pela quimera de um restaurante secreto onde vendiam filé de brasileiras grelhado, porque não percebeu coisa alguma até que a noite não desabou sobre ele com todo o peso das estrelas e a selva exalou uma fragrância doce de gardênias e salamandras apodrecidas, e já estava ele remando no bote roubado rumo à entrada da baía, com a lanterna apagada para não chamar a atenção dos policiais da guarda, fantasiado a cada quinze segundos pela asada verde do farol, e outra vez tornado humano pela escuridão, sabendo que andava perto das boias que indicavam o canal do porto, não só porque via cada vez mais intenso seu fulgor opressivo, senão também porque a respiração da água ficava difícil, e assim remava tão ensimesmado que não soube de onde chegou, de súbito, um pavoroso bafo de tubarão, nem por que a noite se fez densa como se as estrelas tivessem morrido de repente, e era porque o transatlântico estava ali, com todo o seu inconcebível tamanho, mãe, maior que qualquer outra coisa grande no mundo e mais escuro que qualquer outra coisa escura da terra ou da água, trezentas mil toneladas cheirando a tubarão, passando tão perto do bote que ele podia ver as costuras do precipício de aço, sem uma só luz nos infinitos olhos de boi, sem um suspiro nas máquinas, sem uma alma, e levando consigo seu próprio âmbito de silêncio, seu próprio céu vazio, seu próprio ar morto, seu tempo parado, seu mar errante no qual flutuava um mundo inteiro de animais afogados, e imediatamente tudo aquilo desapareceu com a força da luz do farol e, por um instante, voltou a ser o Caribe diáfano, a noite de março, o ar cotidiano dos pelicanos, de modo que ele ficou só entre as boias, sem saber que fazer, perguntando-se assombrado se de verdade não estaria sonhando acordado, não só agora como também nas outras vezes, mas mal acabava de se perguntar quando um sopro de mistério foi apagando as boias, da primeira à última, assim que quando a claridade do farol passou o transatlântico voltou a aparecer e já tinha as bússolas desorientadas, talvez sem saber sequer em que lugar do mar o oceano se encontrava, buscando às tontas o canal invisível, mas em realidade derivando para os escolhos, até que ele teve a desagradável revelação de que aquele transtorno das boias era a última chave do encantamento, e acendeu a lanterna do bote, uma mínima luzinha vermelha que não tinha por que assustar ninguém nos minaretes da guarda, mas que devia ser para o piloto como um sol oriental, porque graças a ela o transatlântico corrigiu seu horizonte e entrou pela porta grande do canal, numa manobra de ressurreição feliz, e então todas suas luzes se acenderam ao mesmo tempo, as caldeiras voltaram a resfolegar, acenderam-se as estrelas no seu céu e os cadáveres dos animais foram ao fundo, e havia um estrépito de pratos e uma fragrância de tempero de louro nas cozinhas, e se ouvia o bombardino da orquestra nas cobertas enluaradas e o tum-tum das artérias dos enamorados de alto-mar na penumbra dos camarotes, mas ele levava ainda tanta raiva atrasada que não se deixou aturdir pela emoção nem amedrontar pelo prodígio, senão que se disse, com mais decisão que nunca, que agora vão ver quem sou eu, porra, agora vão ver, e, em vez de se por de lado para que aquela máquina colossal não embestasse contra ele, começou a remar à frente dela, porque agora, sim, vão saber quem sou eu, e continuou orientando o navio com a lanterna até que esteve tão certo de sua obediência que o obrigou a descorrigir de novo o rumo dos molhes, tirou-o do canal invisível e o levou, de cabresto, como se fosse um cordeiro do mar, até as luzes do povoado adormecido, um navio vivo e invulnerável às hostes do farol, que agora não o invisibilizavam, mas o tornavam de alumínio a cada quinze segundos, e ali começavam a se definir as cruzes da igreja, a miséria das casas, a ilusão, e o transatlântico ainda ia atrás dele, seguindo-o com tudo o que levava dentro, seu capitão adormecido do lado do coração, ou touros das arenas na neve de suas despensas, o doente solitário em seu hospital, a água órfã de suas cisternas, o piloto irredimido que devia ter confundido os abrolhos com os molhes, porque naquele instante arrebentou o bramido descomunal da sirena, uma vez, e ficou ensopado pelo aguaceiro de vapor que caiu sobre ele, outra vez, e o bote alheio esteve a ponto de soçobrar, e outra vez, mas já era muito tarde, porque aí estavam os caracóis da margem, as pedras da rua, as portas dos incrédulos, o povoado inteiro iluminado pelas mesmas luzes do transatlântico espavorido, e ele mal teve tempo de se afastar para dar passagem ao cataclismo, gritando em meio à comoção, aí está ele, cornos, um segundo antes que o tremendo casco de aço esquartejasse a terra e se ouvisse o estrupício nítido das noventa mil e quinhentas taças de champanha que se quebraram uma depois da outra, da proa à popa, e então se fez luz, e então não era mais a madrugada de março, mas o meio-dia de uma quarta-feira radiante, e ele pôde dar-se o gosto de ver os incrédulos contemplando, com a boca aberta, o maior transatlântico deste mundo e do outro, encalhado diante da igreja, mais branco que tudo, vinte vezes mais alto que a torre, e mais ou menos noventa e sete vezes maior que o povoado, com o nome gravado em letras de ferro, *halalcsillag*, e ainda gotejando pelos lados as águas antigas e lânguidas dos mares da morte.

Blacaman, o bom vendedor de milagres

Desde o primeiro domingo em que o vi, me pareceu uma mula de ajudante de picador, com seus tirantes de veludo pespontados com filamentos de ouro, seus anéis com pedrarias coloridas em todos os dedos e sua trança de cascavéis, trepado sobre uma mesa no porto de Santa Maria do Darién, entre os frascos de remédios e as ervas de alívio que ele mesmo preparava e vendia aos berros pelos povoados do Caribe, só que então não estava tratando de vender nada àquela porcaria de índios, mas pedindo que lhe levassem uma cobra de verdade para demonstrar, na própria carne, um contraveneno de sua invenção, o único infalível, senhoras e senhores, contra as picadas de serpentes, tarântulas e centopeias, e todo tipo de mamíferos peçonhentos. Alguém que parecia muito impressionado com sua determinação conseguiu, ninguém sabe onde, e levou-lhe dentro de um vidro uma cobra *mapanare* das piores, dessas que começam por envenenar a respiração, e ele o abriu com tanta gana que todos acreditamos que a ia comer, mas nem bem se sentiu livre, o animal saltou fora do vidro e lhe deu uma tesourada no pescoço que na hora o deixou sem ar para a oratória, e mal teve tempo de tomar o antídoto quando o remédio do estoque se derramou sobre a multidão e ele ficou se retorcendo no solo, com o corpo enorme descomposto, como se não tivesse nada por dentro, mas sem deixar de rir com todos os seus dentes de ouro. Tal foi o estrépito, que um encouraçado do Norte, que estava nos molhes há mais ou menos vinte anos, em visita de boa vontade, declarou a quarentena para que não subisse a bordo o veneno da cobra; e o pessoal que estava santificando o Domingo de Ramos saiu da missa, com suas palmas bentas, pois ninguém queria perder a função do envenenado, que já começava a inchar com o ar da morte, e estava duas vezes mais gordo do que fora, pondo espuma de fel pela boca e ofegando pelos poros, mas ainda rindo com tanta vida que as cascavéis se retorciam por todo o corpo. O inchaço arrebentou os cordões das polainas e as costuras da roupa, os dedos se afinaram pela pressão dos anéis, ficou da cor do veado em salmoura e lhe saíram pela culatra uns derradeiros requebros, de tal modo que todo aquele que tivesse visto um picado de cobra soubesse que ele estava apodrecendo antes de morrer, e que ia ficar tão esmigalhado que teriam de recolhê-lo com uma pá, para pô-lo dentro de um saco, mas também pensavam que até em seu estado de serragem ia continuar rindo. Aquilo era tão incrível que os marinheiros se encarapitaram nas pontas do navio para tirar retratos em cores, com aparelhos de longa distância, mas as mulheres que saíram da missa perturbaram suas intenções, pois cobriram o moribundo com uma manta e puseram por cima as palmas bentas, umas porque não gostavam que os marinheiros profanassem o corpo com máquinas de adventistas, outras porque tinham medo de continuar vendo aquele idólatra, que era capaz de morrer morto de riso, e outras para ver se talvez conseguiam que, pelo menos, sua alma se desenvenenasse. Todo mundo o dava por morto quando afastou os ramos com uma braçada, ainda meio atarantado e todo desconjuntado pelo mau bocado, e endireitou a mesa sem a ajuda de ninguém, voltou a subir como um caranguejo, e já estava outra vez gritando que aquele contraveneno era simplesmente a mão de Deus num vidrinho, como todos havíamos visto com nossos próprios olhos, se bem que só custasse dois *cuartillos* porque ele não o inventara como negócio, mas pelo bem da humanidade, e vamos ver quem pediu um, senhoras e senhores, só que, por favor, não se amontoem que há para todos.

    Naturalmente que se amontoaram, e fizeram bem, porque afinal não deu para todos. Até o almirante do encouraçado levou um vidrinho, convencido de que também era bom para as balas envenenadas dos anarquistas, e os tripulantes não se conformaram com tirar-lhe, subido na mesa, os retratos em cores que não puderam tirar-lhe morto, então o fizeram dar autógrafos até que as cãibras torceram seu braço. Era quase noite e só estávamos no porto os mais perplexos, quando ele procurou, com o olhar, alguém que tivesse cara de bobo para o ajudar a guardar os vidros, e naturalmente se fixou em mim. Aquele foi como o olhar do destino, não só do meu, como também do seu, pois isso faz mais de um século e ambos nos lembramos ainda como se tivesse sido no domingo passado. O caso é que estávamos pondo sua botica de circo naquele baú com babados de púrpura, que mais parecia o sepulcro de um erudito, quando ele deve ter visto dentro de mim alguma luz que não vira antes, porque me perguntou de mau humor quem é você, e eu lhe respondi que era o único órfão de pai e mãe a quem ainda não morrera o papai, e ele soltou umas gargalhadas mais estrepitosas que as do veneno e me perguntou depois o que você faz na vida, e eu lhe respondi que não fazia nada mais que estar vivo, porque tudo o mais não valia a pena, e ainda chorando de rir me perguntou qual era a ciência que mais queria conhecer no mundo, e essa foi a única vez que lhe respondi sem ironia, que queria ser adivinho, e então não voltou a rir, mas me disse, como que pensando em voz alta, que para isso me faltava pouco, pois já tinha o mais fácil de aprender, que era a minha cara de bobo. Nessa mesma noite falou com meu pai, e por um real e dois *cuartillos*, e um baralho de predizer adultérios, comprou-me para sempre.

    Assim era Blacaman, o mau, porque o bom sou eu. Era capaz de convencer um astrônomo de que o mês de fevereiro não era mais que um rebanho de elefantes invisíveis; quando, porém, virava sua sorte, tornava-se duro de coração. Em seus tempos de glória fora embalsamador de vice-reis, e dizem que lhes arranjava um rosto de tanta autoridade que durante muitos anos continuavam governando, melhor do que quando estavam vivos, e que ninguém se atrevia a enterrá-los enquanto ele não voltasse a dar-lhes seu semblante de mortos, mas seu prestígio diminuiu com a invenção de um xadrez que não acabava nunca, que virou louco um capelão e provocou dois suicídios ilustres, e assim foi decaindo de intérprete de sonhos em hipnotizador de aniversários, de arrancador de molares com hipnose em curandeiro de feira, de modo que na época em que nos conhecemos até os flibusteiros já o olhavam meio de lado. Andávamos sem rumo com nosso tendal de trapaças, e a vida era uma eterna inquietação, tratando de vender supositórios que se tornavam invisíveis para os contrabandistas, gotas secretas que as esposas cristãs punham na sopa para infundir o temor de Deus nos maridos holandeses, e tudo o que vocês queiram comprar espontaneamente, senhoras e senhores, porque isto não é uma ordem, mas um conselho, e afinal de contas tampouco a felicidade é uma obrigação. Entretanto, por muito que morrêssemos de rir de suas tiradas, a verdade é que a duras penas ganhávamos para comer, e sua última esperança se fundava na minha vocação de adivinho. Encerrava-me no baú sepulcral, disfarçado de japonês e amarrado com cadeias de estibordo, para que tratasse de adivinhar o que pudesse, enquanto ele estripava a gramática, procurando o melhor modo de convencer o mundo de sua nova ciência, e aqui têm, senhoras e senhores, esta criatura atormentada pelos vaga-lumes de Ezequiel, e o senhor que ficou aí, com essa cara de incrédulo, vamos ver se se atreve a perguntar-lhe quando vai morrer, mas nunca consegui adivinhar nem a data em que estávamos, então ele me tirou as esperanças de ser adivinho, porque a sonolência da digestão transtorna sua glândula dos presságios, e depois de me escangalhar com uma paulada para que a sua boa sorte se endireitasse, resolveu levar-me a meu pai para que lhe devolvesse o dinheiro. Contudo, por esse tempo, dedicou-se a encontrar aplicações práticas para a eletricidade do sofrimento, e se pôs a fabricar uma máquina de costurar que funcionasse ligada, por meio de ventosas, à parte do corpo que estivesse doendo. Como eu passasse a noite me queixando das surras que ele me dava, para esconjurar a desgraça, teve que ficar comigo como provador do seu invento, e assim a volta foi demorando e o humor endireitando, até que a máquina funcionou tão bem que não só costurava melhor que um aprendiz, senão que ainda bordava pássaros e astromélias, segundo a posição e a intensidade da dor. Nessas estávamos, convencidos de nossa vitória sobre o azar, quando nos chegou a notícia de que o comandante do encouraçado tinha desejado repetir, na Filadélfia, a prova do contraveneno, e virou marmelada de almirante na presença de seu estado-maior.

    Não voltou a rir durante muito tempo. Fugimos por desfiladeiros de índios, e quanto mais perdidos nos encontrávamos, mais claras nos chegavam as notícias de que os marinheiros tinham invadido a nação com o pretexto de exterminar a febre amarela, e andavam decapitando quanto ambulante inveterado ou eventual encontravam no caminho, e não só os nativos por precaução, mas também os chineses por distração, os negros por hábito e os hindus por encantadores de serpentes, e depois arrasaram com a fauna e a flora e com o que puderam do reino mineral, porque seus especialistas nos nossos assuntos lhes ensinaram que a gente do Caribe tinha a virtude de mudar a natureza para lograr os gringos. Eu não compreendia de onde eles podiam ter tirado aquela raiva nem por que nós tínhamos tanto medo, até que ficamos a salvo nos ventos eternos da Guajira, e só ali teve coragem de me confessar que seu contraveneno não era mais que ruibarbo com terebintina, e ainda que pagara dois *cuartillos* a um menino para que lhe levasse aquela *mapanare* sem veneno. Paramos nas ruínas de uma missão colonial, iludidos pela esperança de que ali passassem contrabandistas, que eram homens de confiança e os únicos capazes de se aventurar ao sol mercurial daqueles ermos de salitre. No começo, comíamos salamandras defumadas com flores das pedras, e ainda nos sobrava espírito para rir quando tratamos de comer suas polainas fervidas, mas no fim comemos até as teias de aranha da água dos poços, e só então percebemos a falta que o mundo nos fazia. Como eu não conhecia, naquele tempo, nenhum recurso contra a morte, simplesmente me deitei a esperá-la, do lado que me doesse menos, enquanto ele delirava com a lembrança de uma mulher tão delicada que podia passar suspirando através das paredes, mas também aquela lembrança inventada era um artifício do seu gênio para enganar a morte com queixas de amor. Entretanto, na hora em que devíamos morrer, aproximou-se de mim mais vivo que nunca e esteve a noite inteira vigiando minha agonia, pensando com tanta força que ainda não consegui saber se o que silvava entre os escombros era o vento ou seu pensamento, e antes de amanhecer disse-me, com a mesma voz e a mesma determinação de outrora, que agora conhecia a verdade, que eu tornara a virar sua sorte, de modo que amarre bem suas calças porque da mesma forma que você a virou vai desvirá-la. Foi aí que começou a perder o pouco carinho que tinha por mim. Tirou de cima de mim os últimos trapos, enrolou-me em arame farpado, me esfregou pedras de salitre nas feridas, pôs salmoura nos meus tumores e me pendurou pelos tornozelos, para me torturar ao sol, e ainda gritava que aquela mortificação não era bastante para apaziguar seus perseguidores. Por fim, me atirou para apodrecer, em minhas próprias misérias, dentro do calabouço de penitência, onde os missionários coloniais regeneravam os hereges, e com a perfídia de ventríloquo que ainda lhe restava, pôs-se a imitar as vozes dos animais de caça, o rumor das beterrabas maduras e o ruído dos mananciais, para torturar-me com a ilusão de que morria de indigência no paraíso. Quando afinal os contrabandistas o abasteceram, descia ao calabouço para me dar de comer qualquer coisa que não me deixasse morrer, mas logo me fazia pagar a caridade, arrancando-me as unhas com tenazes e me lixando os dentes com pedras de moer, e meu único consolo era o desejo de que a vida me desse tempo e sorte para vingar tanta infâmia com outros martírios piores. Eu mesmo me espantava de que pudesse resistir à peste de minha própria putrefação, e ainda atirava sobre mim as sobras dos seus almoços e jogava pelos cantos pedaços de lagartos e gaviões apodrecidos, para que o ar do calabouço ficasse envenenado de todo. Não sei quanto tempo tinha passado quando me levou o cadáver de um coelho, para me mostrar que preferia deixá-lo apodrecer em vez de me dar para comer, mas até ali tive paciência e somente me ficou o rancor, de modo que agarrei o corpo do coelho pelas orelhas e o atirei contra a parede, na ilusão de que ele e não o animal é que ia se arrebentar, e então foi quando sucedeu como num sonho, o coelho não só ressuscitou com um chiado de espanto, como também voltou caminhando pelos ares às minhas mãos.

Foi assim que começou minha boa vida. Desde então ando pelo mundo tirando a febre dos maleitosos por dois pesos, fazendo os cegos enxergar por quatro e meio, desaguando os hidrópicos por dezoito, completando os mutilados por vinte pesos, quando o são de nascimento, por vinte e dois, se foi por acidente ou briga, vinte e cinco, se foi por causa de guerras, terremotos, desembarques de marinheiros ou qualquer outro gênero de calamidade pública, atendendo coletivamente aos enfermos comuns mediante arranjo especial, aos loucos segundo o tipo, às crianças, pela metade do preço, e aos bobos por gratidão, e quero ver quem se atreve a dizer que não sou um filantropo, damas e cavalheiros, e agora, sim, senhor comandante da vigésima frota, ordene a seus rapazes que tirem as barricadas para que a humanidade doente possa passar, os leprosos à esquerda, os epiléticos à direita, os aleijados onde não estorvem e lá atrás os menos urgentes, só que, por favor, não se amontoem, porque depois não respondo se as suas doenças se misturam e ficam curados do que não têm, e que continue a música até que ferva o cobre, e os foguetes até que se zanguem os anjos e a aguardente até matar a ideia, e venham as machonas e os veados, os magarefes e os fotógrafos, e tudo isso por minha conta, damas e cavalheiros, porque aqui se acabou a má fama dos blacamans e se armou a confusão total. Assim, vou adormecendo com técnica de deputado, para o caso de me falhar o critério e alguns ficarem pior do que estavam. A única coisa que não faço é ressuscitar os mortos, porque mal abrem os olhos esfolam de raiva ao perturbador do seu estado, e, afinal de contas, os que não se suicidam voltam a morrer de desilusão. No princípio, um séquito de sábios me perseguia para investigar a legalidade da minha indústria, e quando ficaram convencidos, me ameaçaram com o inferno de Simão o Mago e me recomendaram uma vida de penitência para que chegasse a ser santo, eu porém lhes respondi, sem menosprezo de sua autoridade, que fora por aí precisamente que começara. A verdade é que eu não ganho nada com ser santo depois de morto, eu o que sou é um artista, e a única coisa que quero é estar vivo para continuar gozando este carriquinho conversível de seis cilindros, que comprei ao cônsul dos marinheiros, com este chofer trinitário que era barítono da ópera dos piratas em Nova Orleans, com minhas camisas de seda natural, minhas loções do oriente, meus dentes de topázios, meu chapéu de tartarita e minhas botas de duas cores, dormindo sem despertador, dançando com as rainhas da beleza e deixando-as como alucinadas com minha retórica de dicionário, e sem que trema o queixo se numa Quarta-Feira de Cinzas murcharem minhas faculdades, que para continuar nesta vida de ministro basta minha cara de bobo e sobra, com o tropel de lojas que tenho, daqui até mais além do crepúsculo, onde os mesmos turistas que andavam vingando o almirante tropeçam agora nos retratos com meu autógrafo, os almanaques com meus versos de amor, medalhas com meu perfil, minhas polegadas de roupa, e tudo isso sem a gloriosa modorra de estar o dia todo e toda a noite esculpido em mármore equestre e cagado de andorinhas como os pais da pátria.

Pena que Blacaman, o mau, não possa contar esta história para que vejam que não tem nada inventado. Na última vez que alguém o viu neste mundo, perdera até as tachas doiradas de seu antigo esplendor, e tinha a alma desmantelada e os ossos desarticulados pelo rigor do deserto, mas ainda lhe sobrou um bom par de cascavéis para reaparecer naquele domingo, no porto de Santa Maria do Darién, com o eterno baú sepulcral, só que então não estava vendendo nenhum contraveneno, mas pedindo, com a voz enrouquecida pela emoção, que os marinheiros o fuzilassem, em espetáculo público, para demonstrar, na própria carne, as faculdades ressuscitadoras desta criatura sobrenatural, senhoras e senhores, e embora lhes sobre o direito de não acreditar em mim, depois de haver sofrido durante tanto tempo com minhas safadezas de embusteiro e falsificador, juro-lhes, pelos ossos de minha mãe, que esta prova de hoje não é nada do outro mundo, senão a humilde verdade, e se lhes fica alguma dúvida, olhem bem que agora não estou rindo como antes, mas aguentando a vontade de chorar. Para ser convincente, desabotoou a camisa, com os olhos afogados de lágrimas, e dava patadas de mula no coração para indicar o melhor lugar da morte; apesar disso, os marinheiros não se atreveram a disparar, com medo de que a multidão dominical conhecesse o seu desprestígio. Alguém que talvez não tivesse esquecido as malandragens blacamânicas do passado conseguiu, ninguém sabe de onde, e levou dentro de uma lata, umas raízes de barbasco, que chegariam para pôr à tona todas as corvinas do Caribe, e ele a destampou com tanta força como se, de fato, fosse comê-las, e com efeito comeu-as, senhoras e senhores, só que, por favor não se emocionem nem rezem por meu descanso, porque esta morte não é mais que uma visita. Naquela vez foi tão honrado que não cometeu estertores de ópera, senão que desceu da mesa como um caranguejo, procurou no chão, durante as primeiras dúvidas, o lugar mais digno para se deitar, e dali me olhou como uma mãe e exalou o último suspiro entre seus próprios braços, ainda aguentando suas lágrimas de homem e torcido à direita e à esquerda pelo tétano da eternidade. Foi essa a única vez, naturalmente, que fracassou a minha ciência. Coloquei-o naquele baú de tamanho premonitório, onde coube de corpo inteiro, mandei rezar uma missa de 7º dia, que me custou cinquenta dobrões para quatro, porque o oficiante estava vestido de ouro e havia também três bispos sentados, mandei construir um mausoléu de imperador sobre uma colina exposta aos melhores tempos do mar, com uma capela só para ele e uma lápide de ferro, onde está escrito, com maiúsculas góticas, que aqui jaz Blacaman, o morto, mal chamado o mau, enganador dos marinheiros e vítima da ciência, e quando senti que essas honras bastavam para fazer-lhe justiça por suas virtudes, comecei a vingar-me de suas infâmias, e então o ressuscitei dentro do sepulcro blindado, e ali o deixei revirando-se no terror. Isso foi muito antes que a marabunta engolisse Santa Maria de Darién, mas o mausoléu continua intacto na colina, à sombra dos dragões que ali sobem para dormir nos ventos atlânticos, e cada vez que passo por estes rumos levo-lhe um automóvel carregado de rosas e o coração me dói de lástima por suas virtudes, mas depois ponho o ouvido na lápide para senti-lo chorar entre os escombros do baú destruído, e se por acaso morreu, volto a ressuscitá-lo, pois a graça do castigo é que continue vivendo na sepultura enquanto eu esteja vivo, isto é, para sempre.

A incrível e triste história da Cândida Erêndira e sua avó desalmada

Erêndira estava banhando a avó quando começou o vento de sua desgraça. A enorme mansão de argamassa lunar, perdida na solidão do deserto, estremeceu até os fundamentos com a primeira investida. Mas Erêndira e a avó estavam acostumadas aos riscos daquela natureza desatinada, e mal notaram a intensidade do vento no banheiro, adornado de pavões-reais repetidos e mosaicos pueris de termas romanas.

A avó, nua e grande, parecia uma formosa baleia branca na banheira de mármore. A neta acabara de fazer catorze anos, era lânguida, de ossos delicados e muito paciente para sua idade. Com uma parcimônia que tinha algo de rigor sagrado, fazia abluções na avó com uma água na qual fervera plantas depurativas e folhas perfumadas, e estas se grudavam nas costas suculentas, nos cabelos metálicos e soltos, no ombro potente, tatuado sem piedade, com um menosprezo de marinheiros.

— Esta noite sonhei que estava esperando uma carta — disse a avó.

Erêndira, que nunca falava a não ser por motivos indiscutíveis, perguntou:

— Que dia era no sonho?

— Quinta-feira.

— Então era uma carta com más notícias — disse Erêndira —, mas não chegará nunca.

Quando acabou de banhá-la, levou a avó ao quarto. Era tão gorda que só caminhava apoiada no ombro da neta, ou em um báculo que parecia de bispo, mas em suas atividades mais difíceis notava-se o domínio de uma antiga grandeza. Na alcova, arrumada com um gosto exagerado e um pouco absurdo, como toda a casa, Erêndira precisou de duas horas mais para arranjar a avó. Desembaraçou-lhe o cabelo fio por fio, perfumou-o e o penteou, pôs-lhe um vestido de flores equatoriais, empoou-lhe o rosto com pó de arroz, pintou-lhe os lábios com batom, as faces com ruge, as pálpebras com almíscar e as unhas com esmalte vermelho, e quando a teve emperiquitada como uma boneca de tamanho maior que o humano, levou-a a um jardim artificial de flores quentes como as do vestido, sentou-a em uma poltrona que tinha a base e a estirpe de um trono, e a deixou escutando os discos velozes do gramofone de cometa.

    Enquanto a avó navegava pelo lamaçal do passado, Erêndira se ocupou com varrer a casa, que era escura e pintada sem arte, com móveis disparatados e estátuas de césares inventados, e lustres de pingentes e anjos de alabastro, e um piano de verniz doirado, e numerosos relógios de formas e medidas imprevisíveis. Tinha no pátio uma cisterna para armazenar, durante muitos anos, a água trazida a lombo de índio, de mananciais remotos, e preso a uma argola da cisterna, um avestruz raquítico, o único animal de penas que pôde sobreviver ao tormento daquele clima malvado. Estava longe de tudo, na alma do deserto, junto a um acampamento de ruas miseráveis e abrasadas, onde os cabritos se suicidavam de desolação quando soprava o vento da desgraça.

    Aquele refúgio incompreensível fora construído pelo marido da avó, um contrabandista lendário que se chamava Amadís, com quem teve um filho, que também se chamava Amadís, e que foi o pai de Erêndira. Ninguém conheceu as origens nem as causas desse isolamento. A versão mais conhecida, em língua de índios, era que Amadís, o pai, tirara sua formosa mulher de um prostíbulo das Antilhas, onde matou um homem a facadas, e a ocultou para sempre na impunidade do deserto. Quando os Amadís morreram, um de febres de melancolia e o outro todo furado, em uma discussão de rivais, a mulher enterrou os cadáveres no pátio, dispensou catorze criadas descalças, e continuou apascentando seus sonhos de grandeza na penumbra da casa furtiva, graças ao sacrifício da neta bastarda que criara desde o nascimento.

Só para dar corda e acertar os relógios, Erêndira precisava de seis horas. No dia em que começou sua desgraça, não teve esse trabalho, pois os relógios tinham corda até a manhã seguinte, mas em troca devia banhar e vestir a avó, esfregar os pisos, fazer o almoço e lustrar os cristais. Até as onze, quando trocou a água do cocho do avestruz e regou as ervas desérticas dos túmulos contíguos dos Amadís, teve de resistir à fúria do vento que se tornara insuportável, não sentiu, porém, o mau preságio de que aquele fosse o vento de sua desgraça. Ao meio-dia estava lustrando as últimas taças de champanha quando percebeu um aroma de sopa nova, e teve de fazer um milagre para chegar correndo até a cozinha sem provocar, na passagem, um desastre de cristais de Veneza.

Mal pôde tirar a panela, que começava a derramar no forno. Prontamente pôs ao fogo um guisado que preparara, e aproveitou a ocasião para sentar-se e descansar num banco da cozinha. Fechou os olhos, abriu-os depois com uma expressão descansada, e começou a pôr a sopa na sopeira. Trabalhava dormindo.

A avó se sentara, só, na extremidade de uma mesa de banquete, com candelabros de prata e serviço para doze pessoas. Fez soar a campainha e quase no mesmo instante Erêndira acudiu com a sopeira fumegante. No momento em que servia a sopa, a avó percebeu seus modos de sonâmbula, e lhe passou a mão diante dos olhos, como se limpasse um vidro invisível. A menina não viu a mão. A avó seguiu-a com o olhar e, quando Erêndira lhe deu as costas para voltar à cozinha, gritou-lhe:

— Erêndira.

Despertada de chofre, a menina deixou cair a sopeira no tapete.

— Não é nada, filha — disse-lhe a avó com uma ternura verdadeira. — Você dormiu caminhando.

— É o cansaço — desculpou-se Erêndira.

Recolheu a sopeira, ainda aturdida pelo sono, e tratou de limpar a mancha do tapete.

— Deixe-o assim — persuadiu-a a avó —, você o lava esta tarde.

De modo que, além dos trabalhos costumeiros da tarde, Erêndira teve que lavar o tapete da sala de jantar, e aproveitou que estava no tanque para lavar também a roupa da segunda-feira, enquanto o vento dava voltas ao redor da casa, buscando um vão para entrar. Teve tanto que fazer que a noite lhe caiu em cima sem que percebesse, e quando recolocou o tapete no lugar, era hora de se deitar.

A avó batucou no piano toda a tarde, cantando em falsete para si mesma as canções do seu tempo, e ainda tinha nas pálpebras as manchas do almíscar com lágrimas. Quando, porém, se estendeu na cama com a camisola de musselina, restabelecera-se da amargura das boas recordações.

— Aproveite amanhã para lavar também o tapete da sala — disse a Erêndira —, que não vê o sol desde os tempos da briga.

— Sim, avó — respondeu a menina.

Pegou um leque de penas e começou a abanar a implacável matrona, que lhe ditava o rol noturno de ordens enquanto mergulhava no sono.

— Passe toda a roupa antes de se deitar, para dormir com a consciência tranquila.

— Sim, avó.

— Examine bem os roupeiros, que nas noites de vento as traças têm mais fome.

— Sim, avó.

— Com o tempo que sobra, ponha as flores no pátio para que respirem.

— Sim, avó.

— E ponha a comida do avestruz.

Adormecera, mas continuou dando ordens, pois dela herdara a neta a virtude de continuar vivendo no sonho. Erêndira saiu do quarto sem ruído e fez os últimos deveres da noite, respondendo sempre às ordens da avó adormecida.

— Regue as sepulturas.

— Sim, avó.

— Antes de se deitar, veja bem que tudo fique em perfeita ordem, pois as coisas sofrem muito quando não são postas a dormir em seus lugares.

— Sim, avó.

— E se os Amadís chegarem, avise-os de que não entrem — disse a avó —, que os bandidos de Porfírio Galan estão esperando para matá-los.

Erêndira não lhe respondeu mais, sabia que começava a se perder no delírio, mas não deixou de cumprir uma só ordem. Quando acabou de examinar os ferrolhos das janelas e apagou as últimas luzes, pegou um candelabro da sala de jantar e foi iluminando o caminho até seu quarto, enquanto os silêncios do vento se enchiam com a respiração suave e marcada da avó adormecida.

Seu quarto era também luxuoso, embora não tanto quanto o da avó, e estava abarrotado de bonecas de pano e animais de corda de sua infância recente. Cansada pelos rudes trabalhos do dia, Erêndira não teve ânimo para despir-se, pôs o candelabro na mesa de cabeceira e se atirou na cama. Pouco depois, o vento de sua desgraça meteu-se no quarto como uma matilha de cães e derrubou o candelabro contra as cortinas.

Ao amanhecer, quando afinal o vento acabou, começaram a cair umas gotas grossas e espaçadas de chuva, que apagaram as últimas brasas e endureceram as cinzas fumegantes da mansão. A gente do povoado, índios em sua maioria, tratava de resgatar os restos do desastre: o cadáver carbonizado do avestruz, o corpo do piano dourado, o torso de uma estátua. A avó contemplava com uma depressão impenetrável os restos de sua fortuna. Erêndira, sentada entre as duas sepulturas dos Amadís, parara de chorar. Quando a avó se convenceu de que muito pouca coisa ficara intacta entre os escombros, olhou a neta com pena sincera.

— Minha pobre pequena — suspirou. — Você não terá vida bastante para me pagar este prejuízo.

Começou a pagá-lo nesse mesmo dia, debaixo do estrondo da chuva, quando a levou ao tendeiro do povoado, um viúvo esquálido e novo, muito conhecido no deserto porque pagava a virgindade a bom preço. Diante da impávida expectativa da avó, o viúvo examinou Erêndira com uma austeridade científica: considerou a rijeza de suas coxas, o tamanho de seus seios, o diâmetro de seus quadris. Não disse uma palavra enquanto não calculou seu valor.

— Ainda está muito verde — disse então —, tem tetinhas de cadela.

Depois fez com que subisse em uma balança para provar com números seu parecer. Erêndira pesava 42 quilos.

— Não vale mais de cem pesos — disse o viúvo.

A avó se escandalizou.

— Cem pesos por uma criatura completamente nova! — quase gritou. — Não, homem, isso é faltar muito com o respeito à virtude.

— Cento e cinquenta — disse o viúvo.

— A menina me deu um prejuízo de mais de um milhão de pesos — disse a avó. — Neste passo levaria duzentos anos para me pagar.

— Por sorte — disse o viúvo —, a única coisa boa que tem é a idade.

A tormenta ameaçava desengonçar a casa, e havia tantas goteiras no teto que quase chovia tanto dentro quanto fora. A avó se sentiu só em um mundo infeliz.

— Dê ao menos trezentos — disse.

— Duzentos e cinquenta.

Afinal entraram em acordo por duzentos e vinte pesos em dinheiro e algumas coisas para comer. Então a avó disse a Erêndira que acompanhasse o viúvo e este a conduziu pela mão para os fundos da loja, como se a levasse para a escola.

— Espero você aqui — disse a avó.

— Sim, avó — disse Erêndira.

Nos fundos, a peça era uma espécie de alpendre com quatro pilares de tijolos, um teto de palmeiras apodrecidas e paredes de taipa de um metro de altura, por onde entravam as desordens da intempérie. Postos nas bordas de barro, havia uns vasos de cactos e outras plantas do deserto. Pendurada entre dois pilares, agitando-se como vela solta de uma balandra ao léu, havia uma rede desbotada. Por cima do assobio da tormenta e das lambadas da água, ouviam-se gritos distantes, uivos de remotos animais, vozes de naufrágio.

Quando Erêndira e o viúvo entraram no alpendre, tiveram de se agarrar para que uma rajada de chuva, que os deixou encharcados, não os derrubasse. Não se ouviam suas vozes e seus movimentos eram desencontrados por causa do fragor da borrasca. À primeira tentativa do viúvo, Erêndira gritou algo inaudível e tratou de fugir. O viúvo respondeu sem voz, torceu-lhe o braço pelo pulso e a arrastou até a rede. Ela resistiu, arranhando-o no rosto, tornou a gritar em silêncio, e ele respondeu com uma solene bofetada, que a levantou do chão e a fez flutuar um momento no ar, com o longo cabelo de medusa ondulando no vazio; abraçou-a pela cintura antes que voltasse a pisar o chão, derrubou-a dentro da rede com um golpe brutal e a imobilizou com os joelhos. Erêndira então sucumbiu ao terror, perdeu o sentido e ficou como que fascinada com as franjas lunares de um peixe que passou navegando no ar da tormenta, enquanto o viúvo a despia, rasgando-lhe a roupa com puxões espaçados, como se estivesse arrancando mato, desfazendo-a em largas tiras coloridas, que ondulavam como serpentina e se perdiam com o vento. Quando não houve no povoado nenhum outro homem que pudesse pagar algo pelo amor de Erêndira, a avó levou-a num caminhão de carga rumo à zona do contrabando. Fizeram a viagem na plataforma descoberta, entre sacas de arroz e latas de manteiga, e os saldos do incêndio: a cabeceira da cama vice-reinal, um anjo guerreiro, o trono chamuscado, e outras bugigangas inúteis. Num baú com duas cruzes malpintadas, levaram os ossos dos Amadís.

A avó se protegia do sol eterno com um guarda-chuva descosturado e respirava mal pela tortura do suor e do pó, mas mesmo naquele estado de infortúnio conservava o domínio de sua dignidade. Atrás da pilha de latas e sacas de arroz, Erêndira pagou a viagem e o transporte dos móveis fazendo amor a vinte pesos com o carregador do caminhão. No começo, o seu sistema de defesa foi o mesmo com que se havia oposto à agressão do viúvo, mas o método do carregador foi diferente, lento e sábio, e acabou por amansá-la com carinhos. De modo que quando chegaram ao primeiro povoado, ao fim de um dia mortal, Erêndira e o carregador repousavam de bom amor atrás do parapeito da carga. O motorista gritou para a avó:

— Daqui em diante tudo já é mundo.

A avó observou com desconfiança as ruas miseráveis e solitárias de um povoado um pouco maior, mas tão triste como o que haviam abandonado.

— Não parece — disse.

— É território de missões — disse o motorista.

— Não me interessa a caridade, mas o contrabando — disse a avó.

Atenta ao diálogo, atrás da carga, Erêndira examinava com o dedo uma saca de arroz. De repente, encontrou um fio, puxou-o e tirou um longo colar de pérolas legítimas. Contemplou-o assustada, segurando-o entre os dedos como uma cobra morta, enquanto o motorista replicava à avó:

— Não sonhe acordada, senhora. Os contrabandistas não existem.

— Como não — disse a avó —, a mim que você está dizendo!

— Procure e verá — caçoou o motorista, de bom humor. — Todo mundo fala deles, mas ninguém vê.

O carregador notou que Erêndira havia tirado o colar, apressou-se a tomá-lo dela e o meteu outra vez na saca de arroz. A avó, que decidira ficar apesar da pobreza do povoado, chamou então a neta para que a ajudasse a descer do caminhão. Erêndira se despediu do carregador com um beijo apressado mas espontâneo e verdadeiro.

A avó esperou sentada no trono, no meio da rua, até que acabaram de descer a carga. O último foi o baú com os restos dos Amadís.

— Isto pesa como um morto — riu o motorista.

— São dois — disse a avó. — Assim, trate-os com o devido respeito.

— Aposto que são estátuas de marfim — riu o motorista.

101

Pôs o baú com os ossos de qualquer jeito entre os móveis chamuscados e estendeu a mão aberta diante da avó.
— Cinquenta pesos — disse.
A avó apontou o carregador.
— Seu escravo já cobrou a seu modo.
O motorista olhou surpreso o ajudante, e este lhe fez um sinal afirmativo. Voltou à cabina do caminhão, onde viajava uma mulher enlutada, com uma criança de colo, que chorava de calor. O carregador, muito seguro de si, disse então à avó:
— Erêndira vai comigo, se a senhora não for contra. É com boas intenções.
A menina interveio assustada.
— Eu não falei nada!
— Falo eu, que tive a ideia — disse o carregador.
A avó examinou-o de alto a baixo, sem diminuí-lo, mas tratando de calcular o verdadeiro tamanho de sua coragem.
— Por mim não há inconveniente — disse-lhe —, se você me pagar o que perdi por seu descuido. São oitocentos e setenta e dois mil trezentos e quinze pesos, menos quatrocentos e vinte que já me pagou, ou seja, oitocentos e setenta e um mil oitocentos e noventa e cinco.
O caminhão arrancou.
— Acredite que lhe daria esse montão de dinheiro se o tivesse — disse com seriedade o carregador. — A menina vale.
A avó ficou satisfeita com a decisão do rapaz.

— Pois volte quando tiver, filho — replicou-lhe em um tom simpático —, mas agora vá, pois se fazemos as contas de novo, você ainda me fica devendo dez pesos.

O carregador pulou para a plataforma do caminhão que já se afastava. Dali acenou para Erêndira, mas ela estava ainda tão assustada que não respondeu.

No mesmo terreno baldio onde o caminhão as deixou, Erêndira e a avó improvisaram uma barraca para viver, com folhas de zinco e restos de tapetes asiáticos. Estenderam duas esteiras no chão e dormiram tão bem quanto na mansão, até que o sol abriu vãos no teto e iluminou seus rostos.

Contra o costume, foi a avó que, naquela manhã, se ocupou em enfeitar Erêndira. Pintou-lhe o rosto com um estilo de beleza sepulcral, que estivera em moda na sua juventude, e terminou com uns cílios postiços e um laço de organza que parecia uma borboleta na cabeça.

— Você se acha horrorosa — admitiu —, mas assim é melhor: os homens são muito estúpidos em assuntos de mulheres.

Ambas reconheceram, muito antes de vê-las, os passos de duas mulas na secura do deserto. A uma ordem da avó, Erêndira deitou-se na esteira como teria feito uma aprendiz de teatro, no momento em que o pano de boca se abrisse. Apoiada no báculo episcopal, a avó abandonou a barraca e sentou-se no trono a esperar a passagem das mulas.

Aproximava-se o homem do correio. Não tinha mais de vinte anos, embora envelhecido pelo ofício, vestia uma roupa cáqui, polainas, chapéu de cortiça, e uma pistola militar no cinturão de cartucheiras. Montava uma boa mula, e levava outra pelo cabresto, menos inteira, e sobre a qual se amontoavam os sacos de lona do correio.

Ao passar diante da avó, saudou-a com a mão e seguiu. Mas ela lhe fez um sinal para que desse uma olhada dentro da barraca. O homem parou e viu Erêndira deitada na esteira, com sua pintura póstuma e um vestido de babados roxos.

— Você gosta? — perguntou a avó.

O homem do correio não compreendeu o que lhe estavam propondo.

— Em jejum até que não está mal — sorriu.

— Cinquenta pesos — disse a avó.

— Homem, ela deve ter uma de ouro! — disse ele. — Isso é o que me custa a comida de um mês.

— Não seja mesquinho — disse a avó. — O correio aéreo tem melhor soldo que um cura.

— Eu sou do correio nacional — disse o homem. — O correio aéreo é esse que anda num caminhãozinho.

— De qualquer maneira, o amor é tão importante quanto a comida — disse a avó.

— Mas não alimenta.

A avó compreendeu que um homem que vivia das esperanças alheias tinha muito tempo para regatear.

— Quanto é que tem? — perguntou.

O correio apeou, tirou do bolsinho umas notas amassadas e mostrou-as à avó. Ela as recolheu todas com mão rapace, como se fosse uma bola.

— Faço um desconto para você — disse — mas com uma condição: anuncie por toda parte.

— Até o outro lado do mundo — disse o homem do correio. — Para isso sirvo.

Erêndira, que não pudera sequer pestanejar, tirou os cílios postiços e se pôs de um lado da cama, para deixar espaço ao noivo casual. Logo que ele entrou na barraca, a avó fechou a entrada com um puxão enérgico da cortina corrediça.

Foi um trato positivo. Atraídos pelas notícias do correio, vieram homens de muito longe para conhecer a novidade de Erêndira. Atrás dos homens vieram mesas de jogo e bares, e atrás de todos, um fotógrafo de bicicleta, que instalou, diante do acampamento, uma câmara de cavalete, com manga preta, e um pano de fundo com um lago de velhos cisnes.

A avó, abanando-se no trono, parecia alheia à própria feira. A única coisa que a interessava era a ordem na fila de clientes que esperavam vez e a exatidão do dinheiro que pagavam, adiantado, para estar com Erêndira. No princípio, fora tão severa que até chegou a rechaçar um bom cliente porque lhe faltavam cinco pesos. Com o passar dos meses, porém, foi assimilando as lições da realidade e acabou por admitir que completassem o pagamento com medalhas de santos, relíquias de famílias, anéis matrimoniais e tudo quanto fosse capaz de demonstrar, com uma mordida, que era ouro de boa lei, embora não brilhasse.

Ao final de uma longa estada naquele primeiro povoado, a avó teve suficiente dinheiro para comprar um burro, e então se internou no deserto, em busca de outros lugares mais propícios para cobrar a dívida. Viajava numas cangalhas que improvisaram sobre o burro e se protegia do sol imóvel com o guarda-sol desconjuntado que Erêndira sustentava sobre sua cabeça. Atrás delas caminhavam quatro carregadores índios, com as partes do acampamento: as esteiras, o trono restaurado, o anjo de alabastro e o baú com os restos dos Amadís. O fotógrafo seguia a caravana de bicicleta, mas sem alcançá-la, como se fosse para outra festa.

Depois de passados seis meses do incêndio, a avó teve uma visão total do negócio.

— Se as coisas continuam assim — disse a Erêndira —, você me pagará a dívida dentro de oito anos, sete meses e onze dias.

Voltou a conferir seus cálculos com os olhos fechados, ruminando os grãos que tirava de um bolso postiço da bainha, onde tinha também o dinheiro, e explicou:

— Claro que tudo isso sem contar o pagamento e a comida dos índios, e outros gastos menores.

Erêndira, que caminhava ao lado do burro, abatida pelo calor e o pó, não fez nenhum reparo às contas da avó, mas teve de conter-se para não chorar.

— Tenho vidro moído nos ossos — disse.
— Trate de dormir.
— Sim, avó.

Fechou os olhos, respirou fundo uma golfada de ar abrasante e continuou caminhando adormecida.

Uma camioneta carregada de gaiolas apareceu espantando cabritos entre a poeirada do horizonte, e o alvoroço dos pássaros foi um jorro de água fresca no torpor dominical de São Miguel do Deserto. Ao volante, um corpulento granjeiro holandês, com a pela estilhaçada pela intempérie e uns bigodes cor de esquilo que herdara de algum bisavô. Seu filho Ulisses, que viajava em outro banco, era um adolescente loiro, de olhos azuis solitários, parecendo um anjo disfarçado. Chamou a atenção do holandês uma tenda de campanha, diante da qual esperavam vez todos os soldados da guarnição local. Estavam sentados no chão, bebendo da mesma garrafa, que passavam de boca em boca, e tinham ramos de amendoeira na cabeça como se estivessem emboscados para um combate. O holandês perguntou na sua língua:

— Que diabos venderão aí?

— Uma mulher — respondeu seu filho, com toda naturalidade. — Chama-se Erêndira.

— Como é que você sabe?

— Todo mundo no deserto sabe — respondeu Ulisses.

O holandês chegou ao hotelzinho do povoado. Ulisses demorou-se na camioneta, abriu com dedos ágeis uma

pasta que o pai deixara no banco, tirou um maço de notas, meteu várias nos bolsos, e voltou a deixar tudo como estava. Nessa noite, enquanto seu pai dormia, saiu pela janela do hotel e foi fazer fila diante da barraca de Erêndira.
A festa estava no seu esplendor. Os recrutas bêbados dançavam sozinhos para não desperdiçar a música grátis, e o fotógrafo tirava retratos noturnos com papéis de magnésio. Enquanto controlava o negócio, a avó contava notas no regaço, separava-as em montes iguais e as punha em ordem dentro de um cesto. Não havia então mais de doze soldados; a fila da tarde, porém, crescera com clientes civis. Ulisses era o último.

A vez era de um soldado de ar lúgubre. A avó não só lhe impediu a entrada, como evitou pegar seu dinheiro.

— Não, filho — disse-lhe —, você não entra nem por todo o ouro do mouro. Você é o fim.

O soldado, que não era daquelas terras, surpreendeu-se.

— O que é isso?

— Que você transmite a má sorte — disse a avó. — Basta ver sua cara.

Afastou-o com a mão, sem tocá-lo porém, e deu lugar ao soldado seguinte.

— Entre você, galanteador — disse-lhe de bom humor.

— E não se demore, que a pátria precisa de você.

O soldado entrou, mas voltou imediatamente, porque Erêndira queria falar com a avó. Ela pendurou no braço o cesto de dinheiro e entrou na tenda de campanha, cujo espaço era pequeno mas ordenado e limpo. No fundo, em uma cama de lona, Erêndira não podia controlar o tremor do corpo, estava maltratada e suja de suor de soldado.

— Avó — soluçou —, estou morrendo.

A avó tocou-lhe a testa e, ao verificar que não tinha febre, tratou de consolá-la.

— Agora só faltam dez militares — disse.

Erêndira começou a chorar com uns uivos de animal apavorado. A avó compreendeu então que ultrapassara os limites do horror e, acariciando-lhe a cabeça, ajudou-a a se acalmar.

— O que acontece é que você está fraca — disse-lhe. — Vá, não chore mais, banhe-se com água-de-colônia para que seu sangue se acalme.

Saiu da tenda quando Erêndira começou a se acalmar e devolveu o dinheiro ao soldado que esperava. "Acabou-se por hoje", disse-lhe. "Volte amanhã e eu dou a você o primeiro lugar." Depois gritou aos da fila:

— Acabou-se, rapazes. Até amanhã às 9.

Soldados e civis romperam a fila com gritos de protesto. A avó os enfrentou com boa cara, mas brandindo de verdade o báculo devastador.

— Atrevidos! Garanhões! — gritava. — O que estão pensando, que essa criatura é de ferro? Eu gostaria de vê-los na sua situação. Pervertidos! Apátridas de merda!

Os homens replicavam-lhe com insultos ainda mais grosseiros; ela, porém, acabou por dominar a revolta e se manteve em guarda com o báculo até que levaram as estantes de frituras e desmontaram as mesas de jogo.

Dispunha-se a voltar para a barraca quando viu Ulisses de corpo inteiro, só, no espaço vazio e escuro onde antes esteve a fila de homens. Tinha uma aura irreal e parecia visível na penumbra pelo fulgor próprio de sua beleza.

— E você — disse-lhe a avó —, onde deixou as asas?

— Quem tinha asas era meu avô — respondeu Ulisses, com naturalidade —, mas ninguém acredita.

A avó voltou a examiná-lo com uma atenção enfeitiçada. "Pois eu acredito", disse. "Venha com elas amanhã." Entrou na barraca e deixou Ulisses ardendo no seu lugar.

Erêndira sentiu-se melhor depois do banho. Vestira uma combinação curta e bordada e estava enxugando o cabelo para se deitar, mas ainda fazia esforços para conter as lágrimas. A avó dormia.

Por trás da cama de Erêndira, lentamente, apareceu a cabeça de Ulisses. Ela viu os olhos ansiosos e diáfanos, mas antes de dizer qualquer coisa esfregou o rosto com a toalha para se convencer de que não era uma ilusão. Quando Ulisses piscou pela primeira vez, Erêndira perguntou-lhe em voz muito baixa:

— Quem é você?

Ulisses mostrou-se até os ombros. "Chamo-me Ulisses", disse. Mostrou-lhe as notas roubadas e acrescentou:

— Trago dinheiro.

Erêndira pôs as mãos sobre a cama, aproximou seu rosto do de Ulisses, e continuou falando com ele como em um brinquedo de escola primária.

— Você precisava entrar na fila — disse-lhe.

— Esperei a noite toda — disse Ulisses.

— Pois agora você precisa esperar até amanhã — disse Erêndira. — Sinto-me como se me tivessem dado bordoadas nos rins.

Nesse instante, a avó começou a falar dormindo.

— Vai fazer vinte anos que choveu pela última vez — disse. — Foi uma tormenta tão terrível que a chuva veio junto com a água do mar, e a casa amanheceu cheia de peixes e caracóis, e teu avô Amadís, que descanse em paz, viu uma arraia luminosa navegando pelo ar.

Ulisses voltou a se esconder atrás da cama. Erêndira sorriu alegre.

— Fique sossegado — disse-lhe. — Sempre parece louca quando está dormindo, mas nem um tremor de terra a acorda.

Ulisses apareceu de novo. Erêndira olhou-o com um sorriso travesso e até um pouco carinhoso, e tirou da esteira o lençol usado.

— Venha — disse-lhe —, ajude-me a mudar o lençol.

Então Ulisses saiu de trás da cama e pegou o lençol por uma ponta. Como era um lençol muito maior que a esteira, era preciso dobrá-lo em etapas. No fim de cada dobra, Ulisses estava mais perto de Erêndira.

— Estava louco para ver você — disse logo. — Todo mundo diz que você é muito bonita, e é verdade.

— Mas estou morrendo — disse Erêndira.

— Minha mãe diz que os que morrem no deserto não vão ao céu, mas ao mar — disse Ulisses.

Erêndira pôs de lado o lençol sujo e cobriu a esteira com outro limpo e passado.
— Não conheço o mar — disse.
— É como o deserto, mas com água — disse Ulisses.
— Então não se pode caminhar.
— Meu pai conheceu um homem que podia — disse Ulisses —, faz muito tempo, porém.
Erêndira estava encantada mas queria dormir.
— Se você vier amanhã bem cedo, ficará em primeiro lugar — disse.
— Vou embora com meu pai de madrugada — disse Ulisses.
— E não voltam a passar por aqui?
— Quem sabe quando — disse Ulisses. — Agora passamos por acaso, porque nos perdemos no caminho da fronteira.
Erêndira olhou pensativa a avó adormecida.
— Está bem — decidiu — dê-me o dinheiro.
Ulisses deu-lhe. Erêndira deitou-se na cama, mas ele ficou trêmulo no seu lugar: no momento decisivo sua determinação fraquejara. Erêndira pegou-lhe pela mão para que se apressasse, e só então percebeu sua aflição. Ela conhecia esse medo.
— É a primeira vez? — perguntou-lhe.
Ulisses não respondeu, sorriu, porém, desolado.
Erêndira se transformou.
— Respire devagar — disse-lhe. — No começo é sempre assim, depois nem se percebe.

Deitou-o a seu lado, e, enquanto lhe tirava a roupa, o foi acalmando com recursos maternais.

— Como é seu nome?

— Ulisses.

— É nome de gringo — disse Erêndira.

— Não, de navegador.

Erêndira descobriu-lhe o peito, beijou-o, cheirou-o.

— Você parece todo de ouro — disse — mas cheira a flores.

— Deve ser cheiro de laranja — disse Ulisses.

Já mais tranquilo, mostrou um sorriso de cumplicidade.

— Andamos com muitos pássaros para despistar — ajuntou —, mas o que levamos à fronteira é contrabando de laranjas.

— Não se faz contrabando de laranjas — disse Erêndira.

— Com essas, sim — disse Ulisses. — Cada uma custa cinquenta mil pesos.

Erêndira riu pela primeira vez depois de muito tempo.

— O que mais gosto em você — disse — é a seriedade com que inventa absurdos.

Tornara-se espontânea e faladora, como se a inocência de Ulisses lhe tivesse mudado não só o humor, mas também a índole. A avó, tão perto da fatalidade, continuou falando adormecida.

— Por estes tempos, em princípios de março, trouxeram você para casa — disse. — Parecia uma lagartixa enrolada em panos. Amadís, seu pai, que era jovem e belo, estava tão contente naquela tarde que mandou buscar umas vinte carretas cheias de flores, e chegou gritando e atirando flores pela rua, até que todo o povoado ficou dourado de flores como o mar.

Delirou muitas horas, em voz alta, e com uma paixão obstinada. Ulisses, porém, não a ouviu, porque Erêndira o amara tanto, e com tanta verdade, que voltou a amá-lo pela metade de seu preço enquanto a avó delirava, e continuou amando-o sem dinheiro até o amanhecer.

Um grupo de missionários, com os crucifixos no alto, estava plantado, ombro a ombro, no meio do deserto. Um vento tão bravo como o da desgraça sacudia seus hábitos de canhamaço e suas barbas indomáveis, e mal lhes permitia ficar de pé. Atrás deles estava a casa da missão, um promontório colonial com um minúsculo campanário sobre os muros ásperos e caiados.

O missionário mais jovem, que dirigia o grupo, apontou com um dedo uma fenda natural no chão de barro quebradiço.

— Não ultrapassem essa risca — gritou.

Os quatro carregadores índios, que transportavam a avó em um palanquim de tábuas, pararam ao ouvir o grito. Embora estivesse mal sentada no piso do palanquim, com o ânimo entorpecido pelo suor e o pó do deserto, a avó se mantinha na sua altivez. Erêndira ia a pé. Atrás do palanquim havia uma fila de oito índios de carga, e por último o fotógrafo na bicicleta.

— O deserto não é de ninguém — disse a avó.

— É de Deus — disse o missionário —, e estais violando suas santas leis com vosso tráfico imundo.

A avó reconheceu então a forma e a dicção peninsulares do missionário, e evitou o encontro frontal para não se ferir contra sua intransigência. Voltou a ser ela mesma.

— Não entendo seus mistérios, filho.

O missionário apontou Erêndira.

— Essa criatura é menor de idade.

— Mas é minha neta.

— Pior ainda — replicou o missionário. — Deixe-a sob a nossa custódia, por bem, ou teremos que recorrer a outros métodos.

A avó não esperava que chegassem a tanto.

— Está bem, bandido — cedeu assustada. — Mas cedo ou tarde voltarei, você verá.

Três dias depois do encontro com os missionários, a avó e Erêndira dormiam em um povoado próximo do convento quando uns corpos secretos, mudos, rastejando como patrulhas de assalto, deslizaram na tenda de campanha. Eram seis noviças índias, fortes e jovens, com hábitos de cânhamo, que pareciam fosforescentes nos clarões da lua. Sem um só ruído, cobriram Erêndira com um toldo de mosquiteiro, levantaram-na sem despertá-la, e a levaram enrolada como um grande e frágil peixe capturado em uma rede lunar.

Não houve um recurso que a avó não tentasse para resgatar a neta da tutela dos missionários. Só quando falharam todos, dos mais direitos aos mais tortos, recorreu à autoridade civil, que era exercida por um militar. Encontrou-o no pátio de sua casa, com o tórax nu, atirando com um rifle de guerra contra uma nuvem escura e solitária no céu ardente. Tratava de perfurá-la para que chovesse, e seus disparos eram encarniçados e inúteis, mas fez as pausas necessárias para escutar a avó.

— Eu não posso fazer nada — explicou, quando acabou de ouvi-la —, os padrezinhos, de acordo com a Concordata, têm direito de ficar com a menina até que seja maior de idade. Ou até que se case.

— Então para que o fizeram prefeito? — perguntou a avó.

— Para que faça chover — disse o prefeito.

Em seguida, vendo que a nuvem se pusera fora do seu alcance, interrompeu seus deveres oficiais e se ocupou totalmente da avó.

— O que precisa é de uma pessoa de gabarito que responda pela senhora — disse-lhe. — Alguém que garanta sua moralidade e seus bons costumes com uma carta assinada. Não conhece o Senador Onésimo Sanchez?

Sentada sob o sol puro, em um tamborete muito pequeno para suas nádegas siderais, a avó respondeu com uma raiva solene:

— Sou uma pobre mulher sozinha na imensidade do deserto.

O prefeito, com o olho direito torto pelo calor, contemplou-a com pena.

— Então não perca mais tempo, senhora — disse. — Que o diabo a carregue.

Não carregou, naturalmente. Plantou a barraca diante do convento da missão e sentou-se a pensar, como um guerreiro solitário que mantivesse uma cidade fortificada em estado de sítio. O fotógrafo ambulante, que a conhecia muito bem, carregou seus trecos no bagageiro da bicicleta e se dispôs a partir quando a viu em pleno sol, e com os olhos fixos no convento.

— Vamos ver quem se cansa primeiro — disse a avó —, eles ou eu.

— Eles estão aí há 300 anos, e ainda aguentam — disse o fotógrafo. — Eu vou embora.

Só então a avó viu a bicicleta carregada.

— Para onde vai?

— Para onde me leve o vento — disse o fotógrafo, e se foi. — O mundo é grande.

A avó suspirou.

— Não tanto quanto você pensa, ingrato.

Não mexeu, porém, a cabeça, apesar do ódio, para não afastar a vista do convento. Não a afastou durante muitos dias de calor mineral, durante muitas noites de ventos perdidos, durante o tempo da meditação, quando ninguém saiu do convento. Os índios construíram uma coberta de folhas de palmeiras junto à barraca e ali colocaram suas redes, mas a avó velava até muito tarde, cabeceando no trono, e ruminando os cereais crus de seu bolso postiço, com a apatia invencível de um boi deitado.

Uma noite passou muito perto dela uma fila de caminhões cobertos, lentos, cujas únicas luzes eram umas grinaldas de focos coloridos, que lhes davam um tamanho espectral de altares sonâmbulos. A avó os reconheceu logo, porque eram iguais aos caminhões dos Amadís. O último do comboio se atrasou, parou e um homem desceu da cabina para arrumar algo na plataforma de carga. Parecia uma réplica dos Amadís, com um gorro de aba virada, botas altas, duas cartucheiras cruzadas no peito, um fuzil militar e duas pistolas. Vencida por uma tentação irresistível, a avó chamou o homem.

— Não sabe quem sou? — perguntou-lhe.

O homem iluminou-a sem dó com uma lanterna de pilhas. Contemplou um momento o rosto castigado pela vigília, os olhos apagados de cansaço, o cabelo sem viço da mulher que, apesar da idade, em mau estado e com aquela luz cruel no rosto, poderia dizer que tinha sido a mais bela do mundo. Quando a examinou o suficiente para estar seguro de não a ter visto nunca, apagou a lanterna.

— A única coisa que sei com certeza — disse — é que a senhora não é a Virgem dos Remédios.

— Pelo contrário — disse a avó com voz doce. — Sou a Dama.

O homem pôs a mão na pistola por puro instinto.

— Qual dama!

— A de Amadís, o Grande.

— Então não é deste mundo — disse ele, tenso. — Que é que a senhora quer?

— Que me ajudem a resgatar minha neta, neta de Amadís, o Grande, filha do nosso Amadís, que está presa no convento.

O homem se sobrepôs ao temor.

— Errou de porta — disse. — Se pensa que somos capazes de nos meter nas coisas de Deus, a senhora não é a que diz que é, nem sequer conheceu os Amadís, nem tem a mais puta ideia do que é o contrabando.

Nessa madrugada a avó dormiu menos que nas anteriores. Passou-a ruminando, envolta em manta de lã, enquanto o ar da noite lhe confundia a memória e os delírios reprimidos lutavam por sair, embora estivesse acordada, e tinha que comprimir com a mão o coração para que não a sufocasse a lembrança de uma casa à beira-mar, com grandes flores vermelhas, onde fora feliz. Assim se manteve até que soou o campanário do convento e se acenderam as primeiras luzes nas janelas e o deserto se saturou com o cheiro de pão quente das matinas. Só então se abandonou ao cansaço, enganada pela ilusão de que Erêndira se levantara e estava procurando o modo de fugir para voltar a ela.

Erêndira, em vez disso, não perdera nem uma noite de sono desde que a levaram ao convento. Cortaram-lhe o cabelo com umas tesouras de podar até deixar a sua cabeça como uma escova, vestiram-na com o rude hábito de cânhamo das reclusas e lhe entregaram um balde de cal e uma brocha, para que pintasse os degraus das escadas cada vez que alguém os pisasse. Era um trabalho de mula, porque havia um subir e descer incessante de missionários enlameados e noviças carregadas, Erêndira, porém, sentiu-o como um domingo em todos os dias, comparado à prisão mortal da cama. Além disso, não era ela a única esgotada ao anoitecer, pois aquele convento não se consagrara à luta contra o demônio, mas contra o deserto. Erêndira vira as noviças indígenas amansando vacas aos pescoções, para ordenhá-las nos estábulos, pulando dias inteiros sobre as tábuas para espremer os queijos, assistindo as cabras em um mau parto. Vira-as suar como estivadores curtidos, tirando água do poço, regando a mão uma horta impossível, que outras noviças haviam lavrado com enxadas para plantar legumes no pedernal do deserto. Vira o inferno terrestre dos fornos de pão e os quartos de passar roupa. Vira uma freira perseguindo um porco pelo pátio, viu-a resvalar com o porco fugitivo agarrado pelas orelhas, e revolver-se em um lamaçal sem soltá-lo, até que duas noviças, com aventais de couro, a ajudaram a submetê-lo e uma delas o degolou com uma faca de magarefe e todas ficaram empapadas de sangue e de lama. Vira, no pavilhão afastado do hospital, as freiras tísicas em suas camisolas de mortas, esperando a última ordem de Deus e bordando lençóis matrimoniais nos terraços, enquanto os homens da missão pregavam no deserto. Erêndira vivia na sua penumbra, descobrindo outras formas de beleza e de horror que nunca imaginara no mundo estreito da cama, mas nem as noviças mais rebeldes nem as mais persuasivas conseguiram que dissesse uma só palavra desde que a levaram ao convento. Uma manhã, quando estava misturando água à cal do balde, ouviu uma música de cordas que parecia uma luz mais diáfana que a luz do deserto. Atraída pelo milagre, entrou em um salão imenso e vazio, de paredes nuas e janelas grandes, por onde entrava a jorros e ficava paralisada a claridade deslumbrante de junho, e no centro do salão viu uma linda freira, que não vira antes, tocando um oratório de Páscoa no clavicórdio. Erêndira escutou a música sem pestanejar, com a alma por um fio, até que soou o sino para comer. Depois do almoço, enquanto branqueava a escada com a brocha de esparto, esperou que todas as noviças acabassem de subir e descer, ficou só, onde ninguém pudesse ouvi-la, e então falou, pela primeira vez, desde que entrou no convento.

— Sou feliz — disse.

Assim acabaram as esperanças da avó de que Erêndira fugisse para voltar a ela. Manteve, porém, seu cerco de granito, sem tomar nenhuma determinação, até o Domingo de Pentecostes. Por essa época, os missionários rastreavam o deserto perseguindo concubinas grávidas para casá-las. Iam até as rancharias mais esquecidas, em um caminhãozinho decrépito, com quatro homens de tropa bem armados e um caixão de gêneros de pacotilha. O mais difícil naquela caçada de índios era convencer as mulheres, que se defendiam da graça divina com o argumento verdadeiro de que os homens se sentiam com direito de exigir das esposas legítimas um trabalho mais rude que das concubinas, enquanto dormiam escarranchados nas redes. Era preciso conquistá-las com enganos, dissimulando a vontade de Deus no engrolado de sua própria língua, para que a sentissem menos dura, mas até as mais velhacas acabavam convencidas por uns brincos de latão. Os homens, em troca, uma vez obtida a aceitação da mulher, eram arrancados das redes a coronhadas e levados amarrados na plataforma de carga, para casá-los à força.

Durante vários dias a avó viu chegar ao convento o caminhãozinho carregado de índias grávidas, mas não entendeu a razão. Percebeu-a no próprio Domingo de Pentecostes, quando ouviu os foguetes e o repicar dos sinos, e viu a multidão miserável e alegre que chegava para a festa, e viu que no meio da multidão havia mulheres grávidas com véus e grinaldas, levando pelo braço os maridos de contingência para torná-los legítimos na boda coletiva.

Entre os últimos do desfile, passou um rapaz de coração inocente, de cabelo índio cortado como um coco e vestido de andrajos, que levava na mão um círio pascal, com um laço de seda. A avó o chamou.

— Diga-me uma coisa, filho — perguntou-lhe com sua voz mais educada. — O que é que você vai fazer nessa festança?

O rapaz sentia-se envergonhado com o círio, e lhe era difícil fechar a boca por causa dos seus dentes de burro.

— É que os padrezinhos vão-me dar a primeira comunhão — disse.

— Quanto lhe pagaram?

— Cinco pesos.

A avó tirou do bolso postiço um maço de notas que o rapaz olhou maravilhado.

— Eu dou vinte — disse a avó. — Não para que faça a primeira comunhão, mas para que se case.
— E com quem?
— Com minha neta.

Foi assim que Erêndira se casou, no pátio do convento, com o hábito de reclusa e uma mantilha de renda, que lhe presentearam as noviças, sem saber sequer como se chamava o esposo que a avó comprara. Suportou com uma esperança de dúvidas o tormento dos joelhos no chão de salitre, o cheiro empesteado de couro de cabrito das duzentas noivas embarrigadas, o castigo da Epístola de São Paulo, martelada em latim sob a canícula imóvel, porque os missionários não encontraram razões para opor-se à artimanha da boda imprevista, mas lhe haviam prometido uma última tentativa para mantê-la no convento. No entanto, quando terminou a cerimônia, e na presença do Prefeito Apostólico, do prefeito militar que dava tiros contra as nuvens, de seu recente esposo e de sua avó impassível, Erêndira encontrou-se de novo sob o feitiço que a dominava desde o seu nascimento. Quando lhe perguntaram qual era a sua vontade livre, verdadeira e definitiva, não teve nem um suspiro de vacilação.

— Quero ir — disse. E esclareceu, apontando para o esposo: — Mas não vou com ele, vou com minha avó.

Ulisses perdera a tarde procurando roubar uma laranja na horta de seu pai, pois este não lhe tirou a vista de cima enquanto podavam as árvores doentes e sua mãe o vigiava da casa. Por isso, renunciou ao seu propósito, pelo menos por aquele dia, e ficou de má vontade ajudando o pai até que terminaram de podar as últimas laranjeiras.

A extensa plantação era silenciosa e escondida, e a casa de madeira, com teto de latão, tinha telas de arame nas janelas e um terraço grande montado sobre pilotis, com plantas primitivas de flores ativas. A mãe de Ulisses estava no terraço, atirada em uma cadeira de balanço vienense, com folhas defumadas nas têmporas para aliviar a dor de cabeça, e seu olhar de índia pura acompanhava os movimentos do filho, como um raio de luz invisível, até os lugares mais afastados do laranjal. Era muito bonita, muito mais moça que o marido, e não só continuava vestida com a bata da tribo, como também conhecia os segredos mais antigos de seu sangue.

Quando Ulisses voltou para casa com os ferros de podar, a mãe pediu o remédio das quatro horas, que estava em uma mesinha próxima. Logo que ele os tocou, o copo e o vidro mudaram de cor. Em seguida, por simples travessura, tocou em uma jarra de vidro que estava na mesa, com outros copos, e também ela se tornou azul. A mãe o observou enquanto tomava o remédio, e quando esteve certa de que não delirava por causa da dor, perguntou-lhe em língua *guajira:*

— Desde quando isso acontece?

— Desde que voltamos do deserto — disse Ulisses, também em *guajiro*. É só com as coisas de vidro.

Para demonstrá-lo, tocou um por um os copos que estavam na mesa, e todos mudaram de cor.

— Essas coisas só acontecem por amor — disse a mãe.

— Quem é?

Ulisses não respondeu. O pai, que não sabia a língua *guajira*, passava nesse momento pelo terraço, com um cacho de laranjas.

— De que é que falam? — perguntou a Ulisses em holandês.

— De nada especial — respondeu Ulisses.

A mãe de Ulisses não sabia o holandês. Quando o marido entrou na casa, perguntou ao filho em *guajiro:*

— Que foi que ele disse a você?

— Nada especial — disse Ulisses.

Perdeu de vista o pai quando entrou na casa, mal voltou a vê-lo por uma janela da oficina. A mãe esperou até ficar a sós com Ulisses, e então insistiu:

— Diga-me quem é.

— Não é ninguém — disse Ulisses.

Respondeu sem atenção, porque estava interessado nos movimentos do pai dentro da oficina. Viu-o pôr as laranjas sobre o cofre para movimentar o segredo. Enquanto ele vigiava o pai, a mãe o vigiava.

— Há muito tempo que você não come pão — observou ela.

— Não gosto.

O rosto da mãe ganhou logo uma vivacidade extraordinária. "Mentira", disse. "É porque você está sofrendo de amor, e os que estão assim não podem comer pão." Sua voz, como seus olhos, passara da súplica à ameaça.

— É melhor que você me diga quem é — disse —, ou vou-lhe dar uns banhos de purificação à força.

Na oficina, o holandês abriu o cofre, pôs dentro as laranjas, e voltou a fechar a porta blindada. Ulisses afastou-se então da janela e respondeu à mãe com impaciência:

— Já falei à senhora que não é ninguém — disse. — Se não acredita em mim, pergunte a meu pai.

O holandês apareceu na porta da oficina acendendo o cachimbo de marinheiro, e com a Bíblia descosturada debaixo do braço. A mulher perguntou-lhe em castelhano:

— A quem conheceram no deserto?

— Ninguém — respondeu-lhe o marido, um pouco nas nuvens. — Se não acredita em mim, pergunte a Ulisses.

Sentou-se no fundo do corredor, a chupar o cachimbo até que se esgotou a carga. Depois, abriu a Bíblia ao acaso e recitou trechos salteados, durante quase duas horas, em um holandês fluido e estrondoso.

À meia-noite, Ulisses continuava pensando com tanta intensidade que não podia dormir. Revirou-se na rede uma hora mais, procurando dominar a dor das recordações, até que a própria dor lhe deu a força de que precisava para decidir. Então vestiu as calças de vaqueiro, a camisa xadrez e as botas de montar, e saiu pela janela, fugindo da casa na camioneta carregada de pássaros. Ao passar pela plantação, arrancou as três laranjas maduras que não pudera roubar de tarde.

Viajou pelo deserto o resto da noite, e ao amanhecer perguntou, nos povoados e rancharias, qual era o rumo de Erêndira, mas ninguém lhe dava informação. Por fim, informaram-no de que andava atrás da comitiva eleitoral do Senador Onésimo Sanchez, e que este devia estar, naquele dia, em Nova Castela. Não o encontrou ali, mas no povoado seguinte, e já Erêndira não andava com ele, pois a avó conseguiu que o senador avalizasse sua moralidade, com uma carta de próprio punho, e com ela ia abrindo as mais fechadas portas do deserto. No terceiro dia, encontrou o homem do correio nacional, e este indicou-lhe a direção que procurava.

— Vão para o mar — disse-lhe. — E apresse-se, que a intenção da velha sacana é passar para a ilha de Aruba.

Nesse rumo, Ulisses encontrou, ao fim de meia jornada, o toldo amplo e desbotado que a avó comprara de um circo falido. O fotógrafo errante voltara com ela, convencido de que, de fato, o mundo não era tão grande como pensava, e já instalara, perto da barraca, seus idílicos cenários. Uma banda de sopradores de metais atraía os clientes de Erêndira com uma valsa triste.

Ulisses esperou sua vez de entrar, e a primeira coisa que lhe chamou a atenção foi a ordem e a limpeza no interior da barraca. A cama da avó recuperara seu esplendor vice-reinal, a estátua do anjo estava em seu lugar junto ao baú funerário dos Amadís, e havia, além disso, uma banheira de zinco com patas de leão. Recostada em seu novo leito de marquesinha, Erêndira estava nua e plácida, e irradiava um fulgor infantil sob a luz filtrada da barraca. Dormia com os olhos abertos. Ulisses parou junto a ela, com as laranjas na mão, e percebeu que o olhava sem vê-lo. Então passou a mão diante de seus olhos e a chamou pelo nome que inventara para pensar nela.

— Arídnere.

Erêndira acordou. Sentiu-se nua diante de Ulisses, deu um grito abafado e se cobriu com o lençol até a cabeça.

— Não me olhe — disse. — Estou horrível.

— Você está toda cor de laranja — disse Ulisses. Pôs as frutas à altura de seus olhos para que ela comparasse.

— Olhe.

Erêndira descobriu os olhos e verificou que, de fato, as laranjas tinham a sua cor.

— Agora não quero que você fique — disse.

— Só entrei para mostrar isso a você — disse Ulisses.

— Veja.

Furou uma laranja com as unhas, abriu-a com as mãos, e mostrou a Erêndira seu interior: cravado no coração da fruta estava um diamante legítimo.

— Estas são as laranjas que levamos à fronteira — disse.
— Mas são laranjas mesmo! — exclamou Erêndira.
— Claro — sorriu Ulisses. — Meu pai é que as planta.

Erêndira não podia acreditar. Descobriu o rosto, pegou o diamante com os dedos e o contemplou maravilhada.

— Com três destes daremos a volta ao mundo — disse Ulisses.

Erêndira devolveu-lhe o diamante com um ar de desalento. Ulisses insistiu.

— Além disso, tenho uma camioneta — disse. — E além disso... Olhe!

Tirou de dentro da camisa uma velha pistola.

— Não posso ir antes de dez anos — disse Erêndira.
— Você irá — disse Ulisses. — Esta noite, quando a baleia branca dormir, eu estarei aí fora, imitando a coruja.

Fez uma imitação tão real do pio da coruja que os olhos de Erêndira sorriram pela primeira vez.

— É minha avó — disse.
— A coruja?
— A baleia.

Ambos riram do engano, mas Erêndira retomou o fio.

— Ninguém pode ir a parte alguma sem licença de sua avó.
— Não é preciso dizer-lhe nada.

— Saberá de qualquer modo — disse Erêndira: — ela sonha as coisas.

— Quando começar a sonhar que você fugiu, já estaremos do outro lado da fronteira. Passaremos como os contrabandistas... — disse Ulisses.

Empunhando a pistola com um domínio de bamba do cinema, imitou o som dos disparos para animar Erêndira com sua audácia. Ela não disse nem que sim nem que não, seus olhos, porém, suspiraram, e despediu Ulisses com um beijo. Ulisses, comovido, murmurou:

— Amanhã veremos passar os navios.

Naquela noite, pouco depois das sete, Erêndira estava penteando a avó, quando voltou a soprar o vento de sua desgraça. Ao abrigo da barraca estavam os índios carregadores e o diretor da charanga, esperando o pagamento do seu soldo. A avó acabou de contar as notas de uma grande arca que tinha a seu alcance, e, depois de consultar um caderno de notas, pagou ao mais velho dos índios.

— Aqui está — disse: — vinte pesos por semana, menos oito da comida, menos três da água, menos cinquenta centavos por conta das camisas novas, são oito e cinquenta. Conte-os bem.

O índio velho contou o dinheiro, e todos se retiraram com uma reverência.

— Obrigado, branca.

Veio depois o diretor dos músicos. A avó consultou o caderno de contas, e se dirigiu ao fotógrafo, que procurava remendar o fole da câmara com emplastros de guta-percha.

— Em que ficamos? — disse-lhe. — Você paga ou não paga a quarta parte da música?

O fotógrafo nem sequer levantou a cabeça para responder.

— A música não sai nos retratos.

— Mas desperta na gente a vontade de se retratar — replicou a avó.

— Pelo contrário — disse o fotógrafo —, recorda-lhes os mortos, e então saem nos retratos com os olhos fechados.

O diretor da charanga interveio.

— O que faz fechar os olhos não é a música — disse —, são os relâmpagos de fotografar de noite.

— É a música — insistiu o fotógrafo.

A avó pôs fim à disputa. "Não seja sovina", disse ao fotógrafo. "Veja como o Senador Onésimo Sanchez é bem-sucedido, graças aos músicos que leva." Em seguida, de um modo duro, concluiu:

— De maneira que, ou você paga a parte que lhe corresponde, ou segue só o seu destino. Não é justo que essa pobre criatura carregue todo o peso dos gastos.

— Sigo só o meu destino — disse o fotógrafo. — Afinal, o que eu sou é artista.

A avó encolheu os ombros e foi tratar com o músico Entregou-lhe um maço de notas, de acordo com a quantia escrita no caderno.

— Duzentos e cinquenta e quatro peças — disse-lhe — a cinquenta centavos cada uma, mais trinta e duas nos domingos e feriados, a sessenta centavos cada uma, são cento e cinquenta e seis com vinte.

O músico não recebeu o dinheiro.

— São cento e oitenta e dois com quarenta — disse. — As valsas são mais caras.

— E isso por quê?

— Porque são mais tristes — disse o músico.

A avó o obrigou a pegar o dinheiro.

— Pois nesta semana vocês tocam duas peças alegres para cada valsa que devo, e ficamos em paz.

O músico não entendeu a lógica da avó, mas aceitou as contas enquanto desembaraçava o enredo. Nesse instante, o vento apavorado esteve a ponto de desenraizar a barraca, e no silêncio que deixou à sua passagem, ouviu-se do lado de fora, nítido e lúgubre, o pio da coruja.

Erêndira não soube o que fazer para esconder sua confusão. Fechou a arca do dinheiro e a escondeu debaixo da cama, mas a avó notou-lhe o tremor da mão quando recebeu a chave: "Não se assuste" — disse-lhe. "Sempre há corujas nas noites de vento." Entretanto, não deu mostras de igual convicção quando viu o fotógrafo sair com a câmara nas costas.

— Se você quiser, fique até amanhã — disse-lhe —, a morte anda solta esta noite.

Também o fotógrafo ouviu o canto da coruja, mas não mudou de opinião.

— Fique, filho — insistiu a avó —, ainda que só pelo carinho que sinto por você.

135

— Mas não pago a música — disse o fotógrafo.
— Ah, não — disse a avó. — Isso não.
— Está vendo? — disse o fotógrafo. — A senhora não gosta de ninguém.

A avó empalideceu de raiva.

— Então, vá embora — disse. — Safado!

Sentia-se tão ultrajada, que continuou a ofendê-lo, enquanto Erêndira a ajudava a deitar-se. "Filho da mãe" — resmungava. "Que é que esse bastardo sabe do coração alheio?" Erêndira não lhe deu atenção, pois a coruja a chamava com uma pressa teimosa nas pausas do vento, e estava atormentada pela incerteza. A avó acabou de deitar-se com o mesmo ritual de rigor na antiga mansão, e, enquanto a neta a abanava, dominou o rancor e voltou a respirar seus inúteis ares senhoriais.

— Você tem que madrugar — disse então —, para ferver a infusão do banho antes que chegue o pessoal.

— Sim, avó.

— Com o tempo que sobrar, lave a roupa suja dos índios, e assim teremos algo mais para descontar na semana que vem.

— Sim, avó — disse Erêndira.

— E durma devagar, para não se cansar, que amanhã é quinta-feira, o dia mais longo da semana.

— Sim, avó.

— E dê comida ao avestruz.

— Sim, avó.

Deixou o leque na cabeceira da cama e acendeu as velas do altar diante da arca de seus mortos. A avó, já adormecida, deu-lhe a ordem atrasada.

— Não se esqueça de acender as velas dos Amadís.

— Sim, avó.

Erêndira sabia então que não acordaria, porque começara a delirar. Ouviu os latidos do vento ao redor da barraca, mas nem dessa vez reconheceu o sopro da sua desgraça. Saiu à noite quando a coruja voltou a cantar, e seu instinto de liberdade prevaleceu afinal contra o feitiço da avó.

Não dera ainda cinco passos fora da barraca quando encontrou o fotógrafo, que estava amarrando seus aparelhos no bagageiro da bicicleta. Seu sorriso cúmplice tranquilizou-a.

— Eu não sei de nada — disse o fotógrafo —, não vi nada nem pago a música.

Despediu-se com uma bênção universal. Erêndira correu então até o deserto, decidida para sempre, e se perdeu nas trevas do vento onde cantava a coruja.

Dessa vez a avó recorreu em seguida à autoridade civil. O comandante da reserva local pulou da rede às seis da manhã, quando ela pôs diante de seus olhos a carta do senador. O pai de Ulisses esperava na porta.

— Como, porra, quer que eu leia — gritou o comandante — se não sei ler.

— É uma carta de recomendação do Senador Onésimo Sanchez — disse a avó.

Sem mais perguntas, o comandante desceu da parede um rifle que tinha perto da rede e começou a gritar ordens a seus agentes. Cinco minutos depois estavam todos dentro de uma camioneta militar, voando para a fronteira, com um vento contrário que apagava as pegadas dos fugitivos. No banco dianteiro, junto ao motorista, viajava o comandante. Atrás ia o holandês com a avó, e em cada estribo, um agente armado.

Muito perto do povoado parara uma caravana de caminhões cobertos com lona impermeável. Vários homens, que viajavam escondidos na plataforma de carga, levantaram a lona e apontaram metralhadoras e rifles de guerra para a camioneta. O comandante perguntou ao motorista do primeiro caminhão a que distância havia encontrado uma camioneta de granja carregada de pássaros.

O condutor arrancou antes de responder.

— Nós não somos delatores — disse indignado —, somos contrabandistas.

O comandante viu passar muito perto de seus olhos os canos esfumaçados das metralhadoras, levantou os braços e sorriu.

— Pelo menos — gritou-lhes — tenham vergonha de não circular em pleno sol.

O último caminhão tinha escrito na traseira: *Penso em você Erêndira.*

O vento se tornava mais árido à medida que avançavam para o Norte, o sol era mais forte com o vento e dava trabalho respirar por causa do calor e do pó dentro da camioneta fechada.

A avó foi a primeira que avistou o fotógrafo: pedalava no mesmo sentido em que eles voavam, sem outra proteção contra a insolação que um lenço amarrado na cabeça.

— Aí está — apontou-o —, esse foi o cúmplice. Safado.

O comandante ordenou a um dos agentes do estribo que tomasse conta do fotógrafo.

— Agarre-o e espere-nos aqui — disse-lhe. — Já voltamos.

O agente saltou do estribo e, por duas vezes, disse alto ao fotógrafo. O fotógrafo não o ouviu por causa do vento contrário. Quando a camioneta se adiantou, a avó lhe fez um gesto enigmático, que ele confundiu com um cumprimento, sorriu, e lhe disse adeus com a mão. Não ouviu o disparo. Deu uma cambalhota no ar e caiu morto sobre a bicicleta, com a cabeça destroçada pela bala de rifle que nunca soube de onde veio.

Antes do meio-dia começaram a ver as penas. Vinham com o vento, eram penas de pássaros novos, que o holandês conheceu porque eram as de seus pássaros depenados pelo vento. O motorista corrigiu o rumo, pisou fundo o acelerador, e em menos de meia hora avistaram a camioneta no horizonte.

Quando Ulisses viu aparecer o carro militar no retrovisor, esforçou-se para aumentar a distância, mas o motor não dava mais. Tinham viajado sem dormir e estavam arrasados pelo cansaço e pela sede. Erêndira, que dormitava no ombro de Ulisses, acordou assustada. Viu a camioneta, que estava a ponto de alcançá-los, e com uma cândida determinação tirou a pistola do porta-luvas.

— Não atira — disse Ulisses. — Era de Francis Drake.

Acionou-a várias vezes e a jogou pela janela. A patrulha militar adiantou-se à desarranjada camioneta carregada de pássaros depenados pelo vento, fez uma curva forçada, e fechou-lhe o caminho.

Eu as conheci por essa época, que foi a de maior esplendor, embora não tivesse de pesquisar os pormenores de sua vida senão muitos anos depois, quando Rafael Escalona revelou, em uma canção, o fim terrível do drama e achei bom para contá-lo. Eu andava vendendo enciclopédias e livros de Medicina pela província de Riohacha. Álvaro Cepeda Samudio, que também andava por esses rumos, vendendo máquinas de cerveja gelada, levou-me em sua camioneta pelos povoados do deserto, com a intenção de falar-me sobre não sei que coisa, e falamos tanto de nada e tomamos tanta cerveja que sem saber quando nem por onde atravessamos o deserto inteiro e chegamos até a fronteira. Ali estava a barraca do amor errante, sob as faixas de letreiros suspensas: *Erêndira é melhor. Vá e volte, Erêndira o espera. Isto não é vida sem Erêndira.* A fila interminável e ondulante, composta por homens de raças e condições diversas, parecia uma serpente de vértebras humanas, que dormitava através de terrenos e praças, por entre bazares coloridos e mercados barulhentos, e saía das ruas daquela ruidosa cidade de traficantes. Cada rua era uma baiuca de jogo, cada casa uma cantina, cada porta um refúgio de desertores. As numerosas músicas indecifráveis e os pregões gritados formavam um só estrondo de pânico no calor alucinante.

Entre a multidão de apátridas e espertalhões estava Blacaman, o Bom, trepado em uma mesa, pedindo uma cobra de verdade para experimentar, na própria carne, um antídoto de sua invenção. Estava a mulher, que se convertera em aranha por desobedecer a seus pais, e que por cinquenta centavos se deixava tocar para que vissem que não havia logro, e respondia às perguntas que quisessem fazer sobre sua desgraça. Estava um enviado da vida eterna, que anunciava a vinda iminente do pavoroso morcego sideral, cuja ardente respiração de enxofre transformaria a ordem da natureza, e faria sair flutuando os mistérios do mar.

O único remanso de sossego era a zona de tolerância, aonde só chegavam os rescaldos do fragor urbano. Mulheres vindas de todos os quadrantes da rosa náutica bocejavam de tédio nos abandonados salões de baile. Tinham feito a sesta sentadas, sem que ninguém as despertasse para amá-las, e continuavam esperando o morcego sideral sob os ventiladores de pás aparafusados no teto. De súbito, uma delas se levantou e foi a um balcão de flores que dava para a rua. Por ali passava a fila dos pretendentes de Erêndira.

— Vamos ver — gritou-lhes a mulher. — O que é que essa tem que nós não temos?

— A carta de um senador — gritou alguém.

Atraídas pelos gritos e pelas gargalhadas, outras mulheres saíram para a galeria.

— Faz dias que essa fila está assim — disse uma delas.
— Imagine, a cinquenta pesos cada um.
O primeiro que apareceu decidiu:
— Pois eu vou ver o que é que tem de ouro essa putinha.
— Eu também — disse outra. — É melhor que estar aqui aquecendo o banco de graça.

No caminho, outras se incorporaram, e quando chegaram à casa de Erêndira haviam formado uma inquieta comitiva. Entraram sem se anunciar, espantaram a golpe de almofadas o homem que encontraram gastando, do melhor modo, o dinheiro que pagara, e carregaram a cama de Erêndira nos ombros para a rua.

— Isto é um abuso — gritava a avó. — Bando de desleais! Covardes! — E logo, para os homens da fila: — E vocês, galinhas, onde têm as bolas que permitem este abuso contra uma pobre criatura indefesa. Maricas!

Continuou gritando até onde teve voz, repartindo pauladas com o báculo entre os que se puseram a seu alcance, mas sua cólera era inaudita entre os gritos e as burlas da multidão.

Erêndira não se livrou do escárnio porque a impediu a corrente de cachorro com que a avó a prendia a um travessão da cama, desde que tentou fugir. Mas não lhe fizeram nenhum mal. Mostraram-na em seu altar de marquesinha, pelas ruas de maior movimento, como a passagem alegórica da penitente acorrentada, e afinal a puseram, em câmara-ardente, no centro da praça principal. Erêndira estava encolhida, com o rosto escondido, mas sem chorar, e assim permaneceu, ao sol terrível da praça, mordendo de vergonha e de raiva a corrente de cachorro do seu mau destino, até que alguém lhe fez a caridade de cobri-la com uma camisa.

 Foi essa a única vez que as vi. Soube, porém, que haviam permanecido naquela cidade fronteiriça sob a proteção da força pública, até que se abriram as arcas da avó, e então abandonaram o deserto rumo ao mar. Nunca se viu tanta opulência junta por aqueles reinos de pobres. Era um desfile de carretas puxadas por bois, sobre os quais se amontoavam algumas réplicas de pacotilha da parafernália extinta com o incêndio da mansão, e não só os bustos imperiais e os relógios raros, mas também um piano de ocasião e tuna vitrola de manivela com os discos da saudade. Uma récua de índios ocupava-se da carga, e uma banda de músicos anunciava aos povoados a sua chegada triunfal.

 A avó viajava em um palanquim com grinaldas de papel, ruminando os cereais do bolso postiço, à sombra de um pálio de igreja. Seu tamanho monumental aumentara, porque usava debaixo da blusa um jaleco de lona de veleiro, no qual metia os lingotes de ouro, como se metem as balas, em um cinturão de cartucheiras. Erêndira estava junto dela, vestia vistosos tecidos, com tachas doiradas, mas ainda tinha a corrente no tornozelo.

 — Você não pode queixar-se — dissera-lhe a avó ao sair da cidade fronteiriça. — Tem roupas de rainha, uma cama de luxo, uma banda de música própria, e catorze índios a seu serviço. Não lhe parece esplêndido?

— Sim, avó.

— Quando eu lhe faltar — continuou a avó —, não ficará à mercê dos homens, porque terá sua casa própria em uma cidade importante. Você será livre e feliz.

Era uma visão nova e imprevista do futuro. Entretanto não voltara a falar da dívida de origem, cujos números alterava e cujos prazos aumentava à medida que se faziam mais complicadas as custas do negócio. Apesar disso, Erêndira não soltou um só suspiro que permitisse vislumbrar seu pensamento. Submeteu-se em silêncio ao tormento da cama nos charcos de salitre, no torpor dos povoados lacustres, na cratera lunar das minas de talco, enquanto a avó lhe cantava a visão do futuro como se a estivesse vendo nas cartas. Uma tarde, no fim de um desfiladeiro opressivo, notaram um vento de lauréis antigos, escutaram restos de diálogos da Jamaica, sentiram umas ânsias de vida e um nó no coração — era que haviam chegado ao mar.

— Aí o tem — disse a avó, respirando a luz cristalina do Caribe, no fim de meia vida de desterro. — Você gosta?

— Sim, avó.

Ali armaram a barraca. A avó passou a noite falando sem sonhar, e às vezes confundia suas saudades com a clarividência do futuro. Dormiu até mais tarde que de costume e despertou sossegada com o rumor do mar. Entretanto, quando Erêndira a banhava, voltou a fazer previsões sobre o futuro, e era de uma clarividência tão febril que parecia um delírio de vigília.

— Você será uma dama senhorial — disse-lhe. — Uma dama de linhagem, venerada por suas protegidas, e adulada e honrada pelas mais altas autoridades. Os comandantes dos navios mandarão a você postais de todos os portos do mundo.

Erêndira não a escutava. A água morna e perfumada de orégano jorrava na banheira por um tubo alimentado de fora, Erêndira a recolhia com uma cabaça impenetrável, sem sequer respirar, e a derramava sobre a avó com uma das mãos, enquanto a ensaboava com a outra.

— O prestígio da sua casa correrá de boca em boca desde o cordão das Antilhas até os reinos da Holanda — dizia a avó. — E há de ser mais importante que a casa presidencial, porque nela serão discutidos os assuntos do governo e se decidirá o destino da nação.

De repente, a água acabou. Erêndira saiu da barraca para saber o que acontecia, e viu que o índio encarregado de pôr água no tubo estava cortando lenha na cozinha.

— Acabou — disse o índio. — É preciso esfriar mais água.

Erêndira foi até o fogão onde havia outra panela grande com folhas aromáticas. Enrolou um pano nas mãos e certificou-se de que podia levantar a panela sem a ajuda do índio.

— Vá embora — disse-lhe. — Eu ponho a água.

Esperou até que o índio saísse da cozinha. Então tirou do fogo a panela fervendo, levantou-a a muito custo até a altura do tubo, e já ia jogar a água mortífera no conduto da banheira quando a avó gritou no interior da barraca:

— Erêndira!
Foi como se a tivesse visto. A neta, assustada pelo grito, arrependeu-se no instante final.
— Já vou, avó — disse. — Estou esfriando a água.
Naquela noite esteve refletindo até muito tarde, enquanto a avó cantava, adormecida com o jaleco de ouro. Erêndira contemplou-a da sua cama com uns olhos intensos que pareciam de gato na penumbra. Logo se deitou como um afogado, com os braços no peito e os olhos abertos, e chamou com toda a força de sua voz interior.
— Ulisses.
Ulisses despertou de repente na casa do laranjal. Tinha ouvido a voz de Erêndira com tanta nitidez que a buscou nas sombras do quarto. Depois de um instante de reflexão, fez um embrulho com suas roupas e seus sapatos, e deixou o quarto. Atravessou o terraço quando a voz do pai o surpreendeu:
— Para onde vai?
Ulisses viu-o iluminado de azul pela lua.
— Para o mundo — respondeu.
— Desta vez não vou impedi-lo — disse o holandês.
— Mas previno-o de uma coisa: aonde quer que vá há de persegui-lo a maldição do seu pai.
— Assim seja — disse Ulisses.
Surpreso, e até um pouco orgulhoso pela decisão do filho, o holandês seguiu-o pelo laranjal enluarado, com um olhar que, pouco a pouco, começava a sorrir. Sua mulher estava às suas costas, com o seu modo de

ser de índia formosa. O holandês falou quando Ulisses fechou a porteira.

— Voltará logo — disse — surrado pela vida, mais depressa do que você pensa.

— Você é muito estúpido — suspirou ela. — Não voltará nunca.

Nessa ocasião, Ulisses não teve de perguntar a ninguém pelo destino de Erêndira. Atravessou o deserto escondido em caminhões, roubando para comer e para dormir, e roubando, muitas vezes, pelo puro prazer do risco, até que encontrou a barraca, em outro povoado do mar, de onde se viam os edifícios envidraçados de uma cidade iluminada e onde ressoavam os adeuses noturnos dos navios que zarpavam para a ilha de Aruba. Erêndira estava adormecida, acorrentada ao travessão, e na mesma posição, de afogado à deriva, em que o havia chamado. Ulisses permaneceu a contemplá-la um longo momento sem a despertar, mas a contemplou com tanta intensidade que Erêndira acordou. Então se beijaram na escuridão, acariciaram-se sem pressa, despiram-se vagarosamente, com uma ternura calada e uma felicidade recôndita que se assemelharam mais que nunca ao amor.

No outro extremo da barraca, a avó adormecida deu uma volta monumental na cama e começou a delirar.

— Isso foi nos tempos em que chegou o barco grego — disse. — Era uma tripulação de loucos, que faziam felizes as mulheres e não lhes pagavam com dinheiro, mas com esponjas, umas esponjas vivas, que depois caminhavam dentro das casas, gemendo como doentes de hospital, e fazendo chorar as crianças para beber suas lágrimas.

Levantou-se com um movimento vindo de baixo, e sentou-se na cama.

— Então foi quando ele chegou, meu Deus — gritou —, mais forte, maior e muito mais homem que Amadís.

Ulisses, que até então não prestara atenção ao delírio, tratou de esconder-se quando viu a avó sentada na cama. Erêndira tranquilizou-o.

— Fique quieto — disse-lhe. — Sempre que chega a essa parte senta-se na cama, mas não acorda.

Ulisses deitou-se em seu ombro.

— Nessa noite, eu estava cantando com os marinheiros e pensei que era um tremor de terra — continuou a avó. — Talvez todos pensassem a mesma coisa, porque fugiram gritando, morrendo de rir, e só ela ficou sob a coberta de *astromélia*. Lembro como se fosse ontem, eu estava cantando a canção que todos cantavam naqueles tempos. Até os papagaios nos pátios cantavam.

Sem som nem tom, como só é possível cantar nos sonhos, cantou as linhas de sua amargura:

Senhor, Senhor, devolve-me minha antiga inocência para gozar seu amor outra vez desde o princípio.

Só então Ulisses se interessou pela saudade da avó.

— Aí está ele — dizia —, com uma arara no ombro e um trabuco de matar canibais, tal como chegou Guatarral nas Guianas, e eu senti seu alento de morte quando se pôs diante de mim, e me disse: dei mil vezes volta ao mundo e vi todas as mulheres de todas as nações; por isso tenho autoridade para dizer que você é a mais altiva e a mais atenciosa, a mais formosa da Terra.

Deitou-se de novo e soluçou no travesseiro. Ulisses e Erêndira permaneceram muito tempo em silêncio, embalados na penumbra pela descomunal respiração da anciã adormecida. De súbito, Erêndira perguntou sem a mínima piedade na voz:

— Você se atreveria a matá-la?

Tomado de surpresa, Ulisses não soube o que responder.

— Talvez — disse. — Você se atreve?

— Eu não posso — disse Erêndira —, é minha avó.

Então Ulisses examinou outra vez o enorme corpo adormecido, como que medindo sua quantidade de vida, e decidiu:

— Por você sou capaz de tudo.

Ulisses comprou uma libra de veneno para ratos, misturou-a com nata de leite e doce de framboesa, e derramou aquele creme mortal dentro de um bolo do qual tirou o recheio. Depois, pôs sobre ele um creme mais denso, arranjando-o com uma colher até que não ficou nenhum sinal da sinistra manobra, e completou a farsa com setenta e duas velinhas cor-de-rosa.

A avó se levantou do trono, brandindo o báculo ameaçador, quando o viu entrar na barraca com o bolo de aniversário.

— Descarado — gritou. — Como se atreve a pôr os pés nesta casa?

Ulisses se escondeu atrás de sua cara de anjo.

— Venho pedir-lhe perdão — disse —, hoje, dia de seu aniversário.

Desarmada pela eficaz mentira, a avó fez servir a mesa como para uma ceia de núpcias. Fez Ulisses sentar-se à sua direita, enquanto Erêndira os servia, e depois de apagar as velas com um sopro arrasador, cortou o bolo em partes iguais. Serviu Ulisses.

— Um homem que sabe fazer-se perdoar já ganhou a metade do céu — disse. — Dou a você o primeiro pedaço, que é o da felicidade.

— Não gosto de doce — disse ele. — Bom proveito.

A avó ofereceu a Erêndira outro pedaço de bolo. Ela o levou à cozinha e o atirou na cesta de lixo.

A avó comeu sozinha o resto. Metia os pedaços inteiros na boca e os engolia sem mastigar, gemendo de prazer, e olhando Ulisses do limbo do seu prazer. Quando não havia mais nada em seu prato comeu também o que Ulisses desprezara. Enquanto mastigava o último pedaço, recolhia com os dedos e punha na boca as migalhas da toalha.

Comera arsênico suficiente para exterminar uma geração de ratos. Apesar disso, tocou piano e cantou até a meia-noite, deitou-se feliz, e teve um sono natural. O único sinal novo foi um estertor sofrido na respiração.

Erêndira e Ulisses vigiaram-na da outra cama, e só esperavam o estertor final. Mas a voz foi tão forte quanto sempre quando começou a delirar.

— Me deixou louca, meu Deus, me deixou louca! — gritou. — Eu punha duas trancas no quarto para que não entrasse, punha a penteadeira e a mesa contra a porta e as cadeiras sobre a mesa, e bastava que ele desse um golpezinho com o anel para que os parapeitos desabassem, as cadeiras descessem da mesa, a mesa e a penteadeira se afastassem sozinhas, as trancas saíssem sozinhas das argolas.

Erêndira e Ulisses contemplavam-na com um assombro crescente, à medida que o delírio se tornava mais profundo e dramático, e a voz mais íntima.

— Eu sentia que ia morrer, alagada no suor do medo, suplicando intimamente que a porta se abrisse sem se abrir, que ele entrasse sem entrar, que não fosse embora nunca, mas que também não voltasse jamais, para não ter de matá-lo.

Continuou recapitulando seu drama durante várias horas, até nos mais ínfimos detalhes, como se tivesse voltado a vivê-lo no sonho. Pouco antes do amanhecer, revolveu-se na cama com um movimento de acomodação sísmica e a voz se interrompeu na iminência dos soluços.

— Eu o preveni, e ele riu — gritava —, voltei a preveni-lo e voltou a rir, até que abriu os olhos aterrados, dizendo, ai, rainha! ai, rainha!, e a voz não lhe saiu pela boca, mas pela facada na garganta.

Ulisses, espantado com a tremenda evocação da avó, agarrou-se à mão de Erêndira.

— Velha assassina! — exclamou.

Erêndira não lhe prestou atenção, porque nesse instante começou a amanhecer. Os relógios deram cinco horas.

— Vá! — disse Erêndira. — Já vai acordar.

— Está mais viva que um elefante — exclamou Ulisses. — Não pode ser!

Erêndira atravessou-o com um olhar mortal.

— O que acontece — disse — é que você não serve nem para matar alguém.

Ulisses se impressionou tanto com a crueza da censura que fugiu da barraca. Erêndira continuou observando a avó adormecida, com seu ódio secreto, com a raiva da frustração, à medida que amanhecia e despertava o ar dos pássaros. Então a avó abriu os olhos e a olhou com um sorriso plácido.

— Deus a guarde, filha.

A única mudança notável foi um princípio de desordem nas normas cotidianas. Era quinta-feira, mas a avó quis vestir um traje de domingo, decidiu que Erêndira não receberia nenhum cliente antes das onze, e pediu que lhe pintasse as unhas cor de granada e lhe fizesse um penteado pontifical:

— Nunca tive tanta vontade de tirar um retrato — exclamou.

Erêndira começou a penteá-la, mas ao passar o pente de desembaraçar ficou entre os dentes um chumaço de cabelos. Mostrou-o assustada à avó. Ela o examinou, tentou arrancar outro tufo com os dedos, e outro arbusto de cabelos ficou na sua mão. Atirou-o ao chão e experimentou outra vez, e arrancou um tufo ainda maior. Então começou a arrancar o cabelo com as duas mãos, morrendo de rir, jogando os punhados ao ar com um júbilo incompreensível, até que a cabeça ficou como um coco pelado.

Erêndira não teve mais notícias de Ulisses até duas semanas mais tarde, quando ouviu, fora da barraca, o chamado da coruja. A avó começara a tocar piano, e estava tão absorta em sua saudade que não sentia a realidade. Tinha na cabeça uma peruca de cabelos radiantes.

Erêndira atendeu ao chamado e só então descobriu o pavio da dinamite que saía da caixa do piano e se estendia entre as moitas e se perdia na escuridão. Correu até onde estava Ulisses, escondeu-se junto a ele, entre os arbustos, e ambos viram, com o coração oprimido, a chaminha azul que seguiu pelo pavio, atravessou o espaço escuro e penetrou na barraca.

— Tape os ouvidos — disse Ulisses.

Os dois o fizeram, sem que fizesse falta, porque não houve explosão. A tenda se iluminou por dentro com uma deflagração brilhante, estalou em silêncio, e desapareceu em uma coluna de fumaça de pólvora molhada. Quando Erêndira ousou entrar, pensando que a avó estava morta, encontrou-a com a peruca chamuscada e a blusa em farrapos, mais viva que nunca, porém, tratando de apagar o fogo com um cobertor.

Ulisses escapou ao abrigo da gritaria dos índios, que não sabiam o que fazer, confusos com as ordens contraditórias da avó. Quando conseguiram, afinal, dominar as chamas e dissipar a fumaça, tiveram uma visão de naufrágio.

— Parece coisa do maligno — disse a avó. — Os pianos não estouram por acaso.

Fez toda uma série de conjecturas para estabelecer as causas do novo desastre, mas as evasivas de Erêndira e sua impávida atitude acabaram por confundi-la. Não encontrou a mínima falta na conduta da neta, nem se lembrou da existência de Ulisses. Esteve acordada até de madrugada, tecendo suposições e fazendo o cálculo dos prejuízos. Dormiu pouco e mal. Na manhã seguinte, quando Erêndira lhe tirou o jaleco das barras de ouro, encontrou bolhas de queimaduras nos ombros e o peito em carne viva. "É por isso que dormi me revirando", disse, enquanto Erêndira punha claras de ovo nas queimaduras. "E, além disso, tive um sonho estranho." Fez um esforço de concentração, para evocar a imagem, até que a teve tão nítida na memória como no sonho.

— Era um pavão-real numa rede branca — disse.

Erêndira surpreendeu-se, mas recuperou logo sua expressão costumeira.

— É um bom aviso — mentiu. — Os pavões-reais dos sonhos são animais de vida longa.

— Deus a ouça — disse a avó —, porque estamos outra vez como no princípio. É preciso começar de novo.

Erêndira não se alterou. Saiu da barraca com a bacia das compressas, e deixou a avó com o dorso lambuzado de claras de ovo, e o crânio besuntado de mostarda. Estava pondo mais claras de ovo na bacia, sob a cobertura de palmas que servia de cozinha, quando viu aparecerem os olhos de Ulisses, por trás do fogão, como na primeira vez, atrás de sua cama. Não se surpreendeu, mas lhe disse, com uma voz de cansaço:

— A única coisa que você conseguiu foi aumentar minha dívida.

Os olhos de Ulisses turvaram-se de ansiedade. Ficou imóvel, olhando Erêndira em silêncio, vendo-a partir os ovos com uma expressão fixa, de absoluto desprezo, como se ele não existisse. Depois, os olhos se mexeram, examinaram as coisas da cozinha, as panelas penduradas, réstias de alho, os pratos, a faca. Ulisses se levantou, sempre sem dizer nada, entrou na cobertura e pegou a faca.

Erêndira não se virou para olhá-lo; no momento, porém, em que Ulisses abandonava a cobertura, disse-lhe em voz baixa:

— Tenha cuidado, já teve um aviso da morte. Sonhou com um pavão-real numa rede branca.

A avó viu Ulisses entrar com a faca, e, fazendo um supremo esforço, ergueu-se sem a ajuda do báculo e levantou os braços.

— Rapaz! — gritou. — Você ficou louco.

Ulisses saltou sobre ela e lhe deu uma facada certeira no peito nu. A avó gemeu, atirou-se sobre ele e tratou de estrangulá-lo com seus potentes braços de urso.

— Filho da puta — grunhiu. — Muito tarde vejo que você tem cara de anjo traidor.

Não pôde falar nada mais, porque Ulisses conseguiu livrar a mão com a faca e acertou uma segunda facada nas costas. A avó gemeu fundo e abraçou com mais força o agressor. Ulisses acertou um terceiro golpe, sem piedade, e um jorro de sangue, expulso com alta pressão, salpicou-lhe o rosto: era um sangue oleoso, brilhante e verde, igual ao mel de menta.

Erêndira apareceu com a bacia na mão e observou a luta com uma insolência criminosa.

Grande, monolítica, grunhindo de dor e de raiva, a avó se aferrou ao corpo de Ulisses. Seus braços, suas pernas, até seu crânio pelado estavam verdes de sangue. A enorme respiração de fole, transtornada pelos primeiros estertores, ocupava todo o ambiente. Ulisses conseguiu livrar outra vez o braço armado, abriu um talho no ventre, e uma explosão de sangue o ensopou de verde até os pés. A avó procurou o ar que já lhe fazia falta para viver, e caiu de braços. Ulisses soltou-se dos braços exaustos e, sem um instante de trégua, desferiu no vasto corpo caído a facada final.

Erêndira pôs então a bacia em uma mesa, inclinou-se sobre a avó, examinando-a sem tocá-la, e, quando se convenceu de que estava morta, seu rosto ganhou, de chofre, toda a maturidade da pessoa adulta que não lhe haviam dado seus vinte anos de infortúnio. Com movimentos rápidos e precisos, pegou o jaleco de ouro e saiu da barraca.

Ulisses ficou sentado junto ao cadáver, esgotado pela luta, e quanto mais procurava limpar o rosto, mais o lambuzava com aquela matéria verde e viva que parecia fluir de seus dedos. Só quando viu Erêndira sair com o jaleco de ouro, tomou consciência de seu estado.

Chamou-a a gritos, mas não teve resposta. Arrastou-se até a entrada da barraca, e viu que Erêndira começava a correr para a beira do mar, em direção oposta à cidade. Fez então um último esforço para persegui-la, chamando-a com uns gritos dilacerantes, que já não eram de amante mas de filho, até que o venceu o terrível esgotamento de haver matado uma mulher sem a ajuda de ninguém. Os índios da avó o encontraram atirado na praia, boca para baixo, chorando de solidão e de medo.

Erêndira não o ouvira. Ia correndo contra o vento, mais veloz que um veado, e nenhuma voz deste mundo podia detê-la. Passou correndo, sem voltar a cabeça, pelo ardente vapor dos charcos de salitre, pelas crateras de talco, pelo torpor das palafitas, até que se acabaram as coisas do mar e começou o deserto, mas ainda continuou correndo com o jaleco de ouro, para além dos entardeceres de nunca acabar, e jamais se voltou a ter a menor notícia dela, nem se encontrou o menor vestígio de sua desgraça.

Este livro foi composto na tipografia
Minion Pro Regular, em corpo 12,5/16,5, e impresso em
papel off-white no Sistema Digital Instant Duplex
da Divisão Gráfica da Distribuidora Record.